KB117540

고독사를 준비 중입니다

홀로 인생을 마주할 줄 아는 용기와 자유에 대하여

고독사를
준비 중입니다

최철주 지음

중앙books × The JoongAng Plus

죽음을 바로 바라볼 수 있다면, 삶은 곧 자유로워집니다

"그래서 내가 어떻게 하면 좋겠소?"

그는 삶의 마지막 시기를 보람 있게 보내는 방법을 이야기하다 제게 물었습니다. 전직 장관이었던 경력을 살려 민간기업의 경영 자문 역할을 해오다 최근 칩거하기 시작했다는 소문의 주인공입니다. 오랫동안 병상에 누워 있는 아내와의 이별이 두렵고 언젠가 독거노인이 될 자신의 처지가 더욱 불안한 듯 느껴졌습니다. 저를 만나자고 했을 때 그가 던질 질문을 예상했습니다. 제가 암 수술을 받고 퇴원한 후였습니다.

그가 고위 공무원이었을 때 대화의 주어는 항상 '대한민국' 또는 '우리나라'였고 '국민'과 '기업'이었습니다. 지금 그가 말할 때의 주어가 '내가' 또는 '나는'으로 바뀐 것을 알아챘습니다. 놀라운 변화였습니다. 소리 없이

다가오는 자신의 운명에 집중하는 모습입니다. 혼자 풀려고 해도 풀어지지 않는 문제에 직면한 것입니다.

"끝까지 내 옆을 지켜줄 사람이 없을까? 그런 사람을 어디 구할 수 없소?" 그는 한동안 답변에 해당하는 인물을 수소문했다가 여전히 찾지 못한 것으로 보였습니다. 호스피스 활동을 해온 저에게 도움을 요청했을 때는 그래도 막연한 기대를 걸고 있었던 것 같습니다. 저는 그가 헤매고 있는 구름 위에서 내려올 사다리가 없다는 걸 알았습니다. 그를 도와줄 수 있는 완전체로서의 도우미는 이 세상 어디에도 없기 때문입니다.

"혹시 괜찮다면 나하고 충북 음성군에 있는 사회복지 시설 꽃동네를 한번 가보지 않겠어요?" 하고 제안했습니다. "거기에는 아프고 병든 사람, 어디에도 갈 곳 없이 헤매는 사람들이 있습니다. 뭔가 퍼뜩 머리를 내리치는 답을 찾을지 모릅니다." 그는 알았다고 말했지만 여태까지 연락 한 번 주지 않았습니다.

오래전에 대그룹 회장 몇 명이 따로따로 그 꽃동네를 방문한 적이 있습니다. 여러 가지 이유로 재판부로부터 사회봉사명령을 받았기 때문입니다. 저는 그들이 거기에서 무엇을 보았는지를 현장에서 짚어 봤습니다. 구릉과 구릉 사이에 백십자가가 무더기로 꽂혀 있는 단지가 보입니다. 그곳에서 치료받다 숨을 거둔 어린 생명들의 넋이 잠든 곳입니다. 산골짜기 병원에는 오늘내일을 다투는 환자들도 있습니다. 갈 곳 없이 거리를 헤매다 이곳에 수용된 사람들이 그림을 그리거나 도자기를 만들며 재활 과정을 밟기도 합니다. 생과 사의 경계선에서 사람은 무엇으로 살다가 떠나는가를 눈여겨봅니다. 눈물이 필요 없습니다. 대그룹 회장들이 이곳에서 봉사활동을 한 뒤 세상을 보는 시선이 달라졌지 않았을까 생각합니다. 시간이 흐르면서 그들의 사회활동에 변화가 있다는 것을 감지할 수 있었습니다.

저는 3년 전부터 웰다잉 강사 활동을 접었습니다. 코로나 감염 사태가 진정되는 시점이었습니다. 아무리 웰다잉을 웰빙과 연결하려 애썼지만 보통사람들의 생각에 별 영향을 주지 못한다는 자괴감이 갈수록 커졌습니다. 분리할 수 없는 두 개의 영역에 다리를 놓아줄 기회가 대부분 걷어차이기 일쑤였습니다.

"죽음? 나는 몰라" 하는 것이 우리 사회의 일반적 반응이었습니다. 삶은 거칠어지고 죽음은 동떨어진 곳에서 뒹굴었습니다. 연명의료결정법(존엄사법)이 시행된 지 7년째에 접어들었지만 법과 제도는 그대로이고 우리들의 의식은 그것을 따라가지 못하고 있습니다. 1인당 국민소득이 3만 달러를 훨씬 넘어섰습니다. 그런데 왜 죽음의 질은 여전히 바닥을 헤매고 있을까요.

의학기술의 발달로 생명은 더욱 연장되고 우리들의 욕망도 은근슬쩍 부풀려졌습니다. 새로 나타난 치료법에 노후 재산을 쏟아붓는 사람도 꽤 있습니다. 그렇다고 해서 환자가 겪는 고통이 줄어든 건 아닙니다. 우리가 포장해온 인간의 존엄이 박살 나는 순간을 곳곳에서 목격하게 됩니다. 저는 암 병동에서 퇴원한 후 다시 다짐했습니다. 가능하다면 인생의 마지막 시기에 혼자 조용히 세상을 떠날 수 없을까. 오로지 환상에 치우친 생각일까. 그런데 제가 선택한 자유로운 삶이 바로 그 길과 조화롭게 연결돼 있음을 알았습니다.

두 달 전 어느 날 새벽 저는 황당한 전화를 받았습니다. 그 전날 밤 통화하며 노후 준비를 어떻게 할 것인지를 논의했던 친구의 전화번호가 떴습니다. 상대편의 목소리가 전혀 다른 사람이어서 긴장했습니다.

"저, 누구누구의 아들입니다. 아버님 핸드폰에 어젯밤 마지막 통화자로 선생님 이름이 저장돼 있는데 어떤 사이신가요? 아버님이 몇 시간 전 병원 응급실에서 돌아가셨습니다."

고위 공무원으로 일하다 은퇴한 그가 생생한 목소리로 통화한 지 불과 8시간 후에 불귀의 객이 됐다는 상상할 수 없는 현실을 겪었습니다. 그가 갑자기 침대에서 몸부림치다 응급실로 실려 가 심폐소생술을 받기까지의 고통이 제게로 다가왔습니다. 그는 오래전부터 저의 웰다잉 강의를 여러 차례 방청했습니다. 웰다잉 준비도 잘하고 있으려니 하고 믿어 의심치 않았습니다. 나중에 알고 보니 그는 아무것도 준비하지 않았습니다. 용산 대통령실 부근에 있는 그의 아파트는 50억 원을 호가했습니다. 부부 사이에는 늘 전운이 감돌았습니다. 유유히 흐르는 한강을 내려다보고 살았지만 삶은 척박했습니다. 모두 다 소중하다고 여기는 웰빙·웰다잉 운동은 이 정도로 메아리가 없습니다.

"우린 아직 멀었어. 세월이 더 흘러야 돼." 저는 이런 생각을 여전히 지울 수 없습니다.

우리와 같이 살고 있는 개와 고양이의 생명도 귀하게 여기자는 목소리가 높아졌습니다. 동물들의 생명까지 존엄성을 따지는 시대입니다. 왜 노후에 접어든 인간의 존엄은 계속 외면당하고 있는가를 저는 묻고 싶습니다. 동물보다 더 한 고통을 겪으며 떠나는 사람들이 여전히 많습니다. 뚜렷한 해결책이 없으니 모두 다 그냥 넘어가 버리는 습성에 배어 있습니다.

수많은 역사적·문화적 인물들을 무대에서 소화해 온 유명 배우들이 흰머리를 날리면서 '나는 더 나이를 먹어도 무대에서 죽겠다'고 선언하는 이유가 무엇일까를 저는 곰곰 생각합니다. 이 풍진 세상에 사람이 품어야 할 가치를 마지막까지 지니면서 떠나고 싶다는 이야기로 들립니다. 그렇게 사는 게 좋지 않으냐고 묻고 또 묻습니다. 거칠게 세상을 살다가 더 거칠게 마감하는 우리들의 메마른 인생에 대한 경고이기도 합니다. 저는 여기에서 고독사의 의미를 찾습니다.

대통령을 지낸 분이 산속에서 몸을 던졌을 때의 충격을 우리는 잊지 못합니다. 전 대법원장이 추운 겨울 어느 날 한강에 투신하며 목숨을 버리기도 했습니다. 종교계의 원로가 분신자살했다는 놀랄 만한 뉴스도 우리들의 머리에 박혀 있습니다. 삶의 현장에서 우리의 버팀목이 될 만한 존엄한 죽음의 롤 모델이 없을까요. 어디서 그런 지도자를 찾을 수 있을까요. 여전히 조선시대의 이순신 장군에게만 기대어 살아야 할까요?

이 책을 쓰면서 드러내고 싶지 않은 제 삶의 일부분을 허물기로 작정했습니다. 부끄럽기도 하지만 독자 여러분의 생각에 도움을 주고자 했습니다. 중앙일보 박장희 발행인과 안혜리 논설위원이 이런 글을 쓰도록 밀어붙인 결과이기도 합니다. 중앙북스의 조한별 팀장이 더중앙플러스에 나간 원고 가운데 일부를 다시 추려내 예쁘게 다듬어 편집하고 박정호 기획위원이 여러 가지 아이디어를 제공해준 것에 고마움을 전달하고 싶습니다.

2024년 여름을 앞두고, 최철주

| 차례 |

1장
고독사를 준비 중입니다

2장
가끔은 삑사리 나도, 좋은 인생입니다

1장

고독사를 준비 중입니다

아내와 사별한 늙은 남성,

몇 년을 더 살 수 있을까

　계절이 봄을 지나 여름으로 다가가면서 나는 앞으로 몇 년을 더 살 수 있을지 어림셈을 하기 시작한다. 아내가 떠난 지 만 13년이 됐으니 잘도 버텨온 셈이다.

　내가 알던 여러 명의 남자 독거노인들은 아내를 떠나보낸 후 2~3년 사이에 세상과 작별하곤 했다. 길면 5년까지 가는 경우도 더러 있었다. 어떻든 나이 든 남자의 죽고 사는 자연의 이치는 결국 배우자 사후 몇 년 이내에 작동을 멈추는 게 당연한 이야깃거리가 됐다. 되짚어 보면 이처럼 서글픈 일도 없다. 나도 머지않아 하늘의 호출 신호가 떨어지면 이 세상을 떠날 채비를 해야 한다는 압박감을 받는다.

게다가 나는 국가기관에 암 환자로 등록돼 의료비 지원까지 받고 있다. 내 친구 몇몇이 아예 대놓고 묻는다. "야, 넌 혼자 남아서 잘도 지내는구나 그래." 농담인 줄 알면서도 꽤 귀에 거슬린다. 오래전에 배우자를 떠나보내고도 삼시 세끼 잘도 찾아 먹는 내게 죄책감 같은 걸 상기시켜 주는 듯하다. 얄미운 이 말투에 대들 용기는 없다.

그런데 곰곰이 생각해 보면 이런 눈치 없는 발언은 남성 차별일 뿐만 아니라 나에 대한 인권침해이기도 하다. 남편과 사별한 여성은 곧장 슬픔을 이겨내고 제2의 인생을 맞이한 듯 당당하게 노후를 이어가는 경우가 허다한데 왜 노년의 남성은 움츠러들며 비실비실 사라져야 하는지 의문이 꼬리를 잇는다. 지나치게 여성에게 의존하는 남성의 생활 패턴은 도대체 고쳐질 수 없는 것인지 궁금한 일이다. 의학적·생리학적 근거야 어떻든 남자의 평균수명이나 건강수명이 여성보다 6~7년이나 뒤처지는 건 결국 남성들의 자업자득이 아닐까.

나는 은퇴하면서 아내와 아들의 권유에 따라 요리학원에 다니기 시작했다. 2007년의 일이다. 비단 누가 떠밀어서만이 아니라 이젠 남자도 요리를 할 줄 알아야 하고 가족을 위한 음식 서비스도 몸에 배어 있어야 한다고 생각했다. 서울 종로구 낙원동에 있는 요리학원에 등록하러 갔을 때 작은 해프닝이 벌어졌다. 대개 예비신부인 젊은 학생들 틈 사이에 처음으로 남자를 끼워 넣는 게 쉽지 않았던 듯 입학이 보류됐다. 더구나 노년의 남성이 요리 공부를 하겠다니 학원 측이 난감했을 듯하다. 원장과 몇 차례 논의를 거친 후에야 어려운 입학 문턱을 넘어섰다.

나는 열심히 한식·중식·양식 코스를 속성으로 마치고 내가 배운 요리법대로 아내의 아침 밥상을 마련하는 일상을 시작했다. 딸을 저세상으로 떠나보낸 후 상실감에서 헤어나지 못하고 있는 아내를 위로하기 위해 내가 기획한 '식사 챙겨주기'였다. 형편없는 요리 솜씨 때문에 차라리 라면으로 때우자는 혹평도 들었지만 어떻든 그때의 배움이 지금의 나를 생존하게 하는 비결이 됐다. 아마 요리 배우기를 게을리했더라면 나도 다른 남자들처럼 아내와 사별한 후 2~3년 정도에서 무슨 사단이 일어났을지 모른다.

요리에 관한 내 관심은 먼 인류의 역사로까지 뻗어 갔다. 내가 참여해 온 북클럽에서 『요리본능』(리처드 랭엄)이나 『요리를 욕망한다』(미셸 폴란) 등을 놓고 토론하면서 인간이 먹고사는 문제에 대한 이론과 실제를 들여다보는 데 흥미가 돋았다. 요리 공부가 슬픔을 이겨낼 수 있는 치유의 힘을 가지고 있다는 것도 뒤늦게 깨달았다. '요리가 인간을 자유롭게 한다'는 말을 가슴에 새기며 뚝배기 달걀찜도 만들어 보고 굴소스 야채볶음 등으로 영양식을 갖추어 먹었다. 요즈음에는 위암 환자가 소화하기 어려운 파스타면 대신 국산 막국수를 삶아 파스타 소스를 뿌려 먹는 간단한 요리법에 길들여졌다.

요리는 나 같은 독거노인이 생존 능력이라고 내세울 수 있는 작은 권력이며 자신감의 표현이기도 하다. 혼자 레스토랑에 드나들면서 1인 고객을 냉대하는 지배인 눈

치를 살필 필요도 없어졌다. 오히려 특정 메뉴의 레시피에 대해 질문하면 그가 나를 격이 다르게 대우하는 시선이 즐거웠다. 남자 노인이라 푸대접하지 말라고 혼자 중얼거렸다.

내가 사는 아파트의 거실 한쪽 귀퉁이에 작은 주방이 딸려 있다. 식탁에는 항상 내가 구매해야 할 식료품 리스트가 포스트잇 메모에 적혀 있다. 나들이할 때마다 손지갑 모양의 휴대용 비닐주머니를 호주머니에 넣고 다닌다. 산책하고 돌아오면서 편의점에 들른다. 누가 보거나 말거나 비닐주머니 밖으로 머리를 내민 길쭉한 대파와 통통한 무도 들고 나온다.

이런 요리본능이 내가 혼자 오래 버틸 수 있게 한 삶의 원동력이었다. 그냥 뭔가 먹어야겠다는 게 아니라 맛있게 만들어 봐야겠다는 욕심이 나를 이처럼 자유롭게 해 줬다. 나는 그런 삶을 감사하게 여기고 있다.

지방 소도시나 대도시 구청 강당에 서서 웰다잉 강의를 할 때 나는 될수록 남녀의 균형을 맞추려 애썼다. 3명의 여성이 질문하면 적어도 1명의 비율로 반드시 남자를 끼워 넣는 식으로 질문을 유도하고 답변을 이어갔다. 강당의 맨 앞좌석과 중간 부분은 예외 없이 여성들이 차지한다. 남자들은 양옆 가장자리나 뒷좌석에 웅크리고 있다. 여성들은 힘차게 손을 뻗어 질문하지만, 남성들은 손을 들까 말까 망설인다.

하지만 나이 든 남자도 궁금증을 풀고 싶은 본능을 감추지 못한다. 정장 차림의 노년의 신사가 또박또박 말했다. "말기 암에 시달리고 있는 아내가 같이 죽자고 자꾸 조릅니다. 제가 뭐라고 대답해야 합니까." 이 질문을 받고서야 그가 심각한 상황에 있다는 것을 직감했다. 아내에게서 인생을 시험받고 있는 배우자의 절박한 모습에 시선이 꽂혔다.

나는 그를 따로 만나 호스피스 병동에 아내를 입원시키는 방법을 안내하면서 배우자의 식욕을 살려주는 옛 맛집을 열심히 알아보라고 권했다. 멸치국물에 묵은 김치를 넣어 끓인 메뉴를 어디선가 찾아낸 그의 노력은 아내의 감동 어린 칭찬으로 되돌아왔다는 이야기를 나는 휴대전화 메시지로 전달받았다. 더 이상 같이 죽자는 이야기도 안 한단다.

그의 아내는 남편의 따뜻한 간병을 받으며 예상보다 훨씬 긴 1년 반을 더 살았다. 삶에 대한 본능이나 호기심에는 요리의 맛을 찾아가는 욕구도 숨어 있다. 웰다잉 강의에 음식 이야기를 간간이 끼워 넣는 데는 이런 이유도 있다.

앞으로 나는 얼마나 더 생존할 수 있을까. 노년의 여생은 제각각 하기 나름이라는 애매한 말투에 너무 젖어 있을 필요는 없다. 여성은 끊임없이 배우려고 노력하는 데 반해 남자들은 너무 게으르다.

그런 남자들에게 요리 배우기를 권한다. 나는 오늘도 재래시장 가게에서 장아찌 마늘 한 조각, 깻잎 한 장의 맛을 전수받는 즐거움을 각별하게 여긴다. 밥 잘 챙겨 먹으라고 채근하는 친구들의 따뜻한 우정도 식욕을 돋워준다. 어떻든 나는 몇 년을 더 살지도 모른다.

"집에서 죽자"

난 오늘 결심했다

고독사가 매우 현실적인 언어로 등장하는 시대가 됐다. 한두 해 전까지만 해도 외롭고 불쌍하기 짝이 없는 사람이 세상을 떠날 때 우리 사회나 주변 사람들이 고독사라는 딱지를 붙였다. 하지만 1인 가구가 빠른 속도로 늘어나고, 특히 나처럼 독거노인 비중이 커지면서 아무도 모르게 홀로 세상을 떠나는 사례는 차고도 넘친다. 내가 예외가 될 가능성은 전혀 없다.

머리로 이해하는 것과 달리 실제 현실은 더욱 각박하

다. 뜻밖의 일들이 자주 벌어진다. 이성적으로는 고독사가 다른 세계의 현상이지만 현실은 그것이 우리 옆에 있다는 것을 수없이 목격했다. 세월이 흐를수록 고독사의 그림자가 내 곁으로 점점 더 다가오고 있다는 불안감을 떨치기 어렵다. 이를 막을 뾰족한 방법도 없다. 나는 기꺼이 내 운명을 자연에 맡길 준비를 해야겠다는 쪽으로 생각을 굳혔다. 안락사가 허용된 스위스로 떠나는 생의 마지막 여행을 머릿속에 그려도 봤지만 그것도 모진 고생길이어서 아예 마음속에서 말짱히 지웠다. 대안으로 고독사를 떠올리는 것은 사실 엄청난 일을 결행하려는 각오에서 빚어진 것이 아니다. 그저 사는 데까지 열심히 살아야겠다는 의욕의 반작용이다. 최근 몇 달 동안 내 주변에서 연거푸 일어난 삶의 요동을 들여다보면 고독사라는 형태로 생을 마감하는 게 오히려 평화스러운 일이라 여겨진다. 내 인생에서 내가 마지막으로 행사할 수 있는 자기 결정권의 결과이니 말이다.

1년 반 전 내 나이 80세에 덜커덕 위암 수술을 받았다. 갑작스럽게 닥친 일이었다. 복통이 좀 심상치 않아 검진을 받았더니 위암 초기라는 진단이 나왔다. 위암 수술을 받기로 결정하기까지 혼란의 시간을 겪었다. 당초에는 수술 거부를 마음먹었다가 4기나 말기가 아니라는 의사의 진단에 따라 입원을 결정했다. 그래도 내 나이의 힘든 고비를 넘을 수 있을지 자신이 없었다. 위의 절반이 잘려나갔지만 악성 암세포가 다른 장기로 전이되는 부분이 없어 항암제 치료도 필요 없다는 의사 소견에 제2의 인생을 살 수 있겠다는 희망을 붙잡았다.

나는 지난 20년 동안 웰다잉 강사를 하면서 암 환자 삶의 질에 대해 보통사람들보다 훨씬 많은 지식과 경험을 쌓아왔다. 심지어 딸과 아내가 암으로 세상을 떠나는 과정을 지켜보며 헤아리기 어려운 고통을 겪어낸 이력도 있다. 그 이후 웰다잉 강사로 사회에 봉사한 건 딸과 아내를 앞서 보낸 시련을 이겨내기 위한 자기 훈련이었다. 국내외 호스피스 현장을 취재하면서 웰다잉 관련 책도 세 권 썼다. 삶의 마지막 선택을 잘해야 하는 이유를 누구보다도 실감 나게 설명할 수 있다는 자신감도 얻었다. 전직 장관 모임이나 로터리클럽 같은 사회적 위치가 있는 사람들 모임에서부터 서울에서 멀리 떨어진 외딴 지방의 작은 도서관 회원들과의 간담회에도 빠짐없이 참석했다. 각양각색의 사람들에게서 죽음의 고통에 대한 다양한 목소리를 들으며 나를 꽤 단련시켜 온 게 나의 암 투병 생활에 큰 도움을 주고 있다고 생각했다. 그럼에도 내가 감당하기 힘든 일들이 벌어졌다.

참으로 우습게도 퇴원하는 날 코로나19 양성이라는 병원 측의 연락을 받았다. 보건소에서 1주일 자가 격리하라는 연락도 받았다. 독거노인이지만 코로나 탓에 암 수술 받은 환자도 최소한 그 기간만은 꼼짝없이 혼자 지내야 했다. 수술에 따른 복통과 변비, 구토가 내 혼을 다 빼앗아갔다. 1시간 거리에 사는 아들이 생업에 지장을 받을 만큼 자주 들렀지만 대부분의 힘든 시간은 나 혼자 극복해야 했다.

고통이 극심해진 어느 날 자정 119에 도움을 요청했다. 하지만 마땅한 응급실을 찾는 데 실패했다. 가시밭에 뒹구는 것 같은 고통에 휩싸였지만 당장 숨넘어가는 응급환자를 일상으로 보는 구급대원 눈엔 나 같은 환자는 그다지 위중해 보이지 않았기 때문일 것이다. 이틀 후, 피폐

해질 대로 피폐해진 나는 구급차 대신 급히 달려온 아들 차로 병원 응급실을 찾았다. 내가 위암 수술을 받은 병원을 스스로 찾아가는 일이 가장 현명한 대책으로 여겨졌다. 응급실을 거치려면 우선 PCR 검사를 받는데 밖에서 5시간이나 대기해야 한다. 코로나 양성 환자는 자택 격리 기간 7일이 지났다 하더라도 추가 3일의 안정기를 더 거쳐야 한다는 규정이 나를 꼼짝 못 하게 만들었다. 의자 하나 없는 건물 밖으로 환자를 내모는 병원 당국의 야박함은 비난 거리가 되지 못할 만큼 코로나 상황이 심각했다. 그때 '집에서 죽자'고 마음을 고쳐먹었다. 집으로 돌아가는 중에 도로의 수많은 과속방지턱을 넘을 때마다 배가 터질 것 같은 통증이 이중으로 덮쳐왔다. 도로마저 환자를 고문하는 도구가 될 수 있다는 걸 처음 알았다. 다시 한번 생각했다.

집에서 죽자.

아들 내외가 있는데 왜 혼자 사느냐고 묻는 사람도 있다. 두 아이를 키우던 아들 내외는 급한 일이 생기면 친

한 학부모에게 작은 아이를 맡기면서 생활을 꾸려왔다. 어느 날 그 작은 아이가 개에 물리는 사고를 당하기도 했고 크고 작은 고달픈 일들이 이어졌다. 아이 돌보는 일이 아들 내외에겐 긴급한 현안이어서 내겐 더 큰 부담으로 다가왔다. 어쩌다 한 번이라면 몰라도 상시적으로 자식들의 병간호를 받는 건 불가능한 일이다. 나는 이 일이 일어나기 훨씬 오래전부터 독립적으로 혼자 사는 법을 배웠다. 그것이 나를 한결 자유롭게 했다. 13년 넘는 1인 가구 생활은 그런 훈련의 결과였다. 세상에 그냥 공짜로 얻어지는 일은 없다는 것을 나이가 들면서 더욱 뼈저리게 느끼고 있다.

언젠가 내가 혼자 숨져있는 모습이 뒤늦게 발견됐다 하더라도 결코 놀라지 말 것을 아들 내외에게 여러 차례 일러두었다. 우리 시대의 삶과 죽음이 그러하니 아버지의 고독사를 섭게 여기지 말라 했다. 그건 불효가 아니다. 난 이대로가 좋다. 나의 평화를 위해서, 세상의 평화를 위해서.

나는 독립생활을 하면서 자유와 고요를 만끽할 수 있

는 여유를 즐겨왔다. 무기력한 노인이 아니라 열정적으로 사회생활을 하던 본래의 내 모습으로 돌아가기 위해서라도 지금의 내 시간을 소비하는 방식이 필요하다고 생각한다. 어떤 이는 혼자 사는 삶의 자유를 과소평가하거나 우습게까지 여기지만 천만의 말씀이다. 인생의 마지막 날까지 혼자 사는 것도 나쁠 게 없다.

어느 날 알 수 없는 질병의 파편들이 내 육신과 영혼을 파괴한다 하더라도 나는 크게 저항하고 싶은 생각이 없다. 편안한 마지막 삶을 위해 소중한 내 시간을 쌓아가고 허물기를 거듭하다가 저 멀리서 스멀스멀 다가오는 운명의 신에 내 몸을 맡기는 게 행복하다고 생각한다.

아들과 척지고 떠난

어느 회장 이야기

평소 알고 지내는 중견 건설업체 P 회장은 기회 있을
때마다 자기 아들에 대한 불만을 내게 털어놓았다. 이야
기를 들어보면 별 대수롭지 않은 일상사에 얽힌 사연이
다. 그중 유독 내 흥미를 끌었던 게 아들네 집에 부모 사
진이 걸려 있지 않다는 서운함이었다. 뭐 대단치 않은 일
을 가지고 그렇게 노여워하느냐고 반문했지만, 그의 얼
굴에서는 잔주름이 펴지지 않았다.

"우리 부부 방 침대 머리에는 아들 내외와 손자들 사진을 넣어둔 액자 몇 개가 죽 놓여 있어요. 그런데 아들네 집에 가보면 이 방 저 방 어디에도 우리 부부 사진이 안 보입니다. 부모가 사라져 버렸어요. 어느 날 아들 내외와 식사를 하다가 마음속에 담아 두었던 사진 이야기를 했더니 아들 답변이 뭔 줄 아세요. 아니, 아버님 말씀대로 한다면 우리 집 안방에 전부 노인 사진만 놓이게요. 친부모에 장인, 장모 사진까지…. 양가 균형을 맞추자면 사진도 그렇게 놓을 수밖에 없는데 모양이 좀 그렇지 않은가요. 이러더라고요."

그는 아들의 변명이 가슴에 납덩어리로 남았다고 말했다. 그로부터 4개월 후 나는 어느 병원 장례식장에서 P 회장의 영정 사진과 마주하게 되었다. 조문을 받는 아들에게 심근경색으로 떠난 아버지와의 마지막 시간을 물었다. "아무 말씀도 못 나눴습니다. 평소 워낙 과묵하셔서요." 나는 아들의 서재 한 귀퉁이에라도 아버지 사진을 놓은 후 영혼과의 대화를 이어가는 게 어떨까 하고 조언했다. 따뜻한 정을 이어가고 싶어 하는 아버지의 짠한 인생을 기억했으면 하는 뜻이었다.

　P 회장처럼 아들과 척을 지고 지내다 홀연히 세상을 등진 여러 아버지의 최후를 나는 자주 보았다. 웰다잉 강의를 시작하던 20년 전에는 인생살이가 다 그러려니 했는데, 세월이 흘러가면서 이래서는 안 되겠다는 생각이 절로 들었다. 나부터가 고등학교나 대학 시절, 그리고 그 이후 사회생활을 할 때 아버지와 따뜻한 대화를 나눠본 기억이 별로 없었다. 내 친구들이나 후배들도 거의 비슷한 경험을 토로했다.

　전직 장관들 모임에서 내가 들은 첫 번째 화제도 아들과의 소통 부재였다. 어쩌다 한 번씩 만난 아들은 아버지 앞에서도 휴대전화에 코를 박고 있기에 부자는 속 깊은 대화를 이어갈 수 없고, 어쩌다 하는 대화도 '예, 아니요'로 끝나는 단문 단답형으로 정형화된 이야기만 반복된다는 거였다. 부정(父情)이 살아나거나 아들의 애틋한 존경심이 자리 잡기 어려운 분위기에 서로 익숙해졌다.

　지금도 '아버지와 아들'이라는 제목의 수많은 영화나 드라마·연극·소설이 부자간의 충돌과 애증을 거쳐 철학적 사색으로까지 파고들고 있다. 같은 제목을 달고 있는 투르게네프의 원작 소설도 19세기 그즈음의 아버지 세대와 아들 세대의 갈등이라는 보편적 소재를 진지하게 다루었다. 시대 구분 없이 되풀이되는 이 같은 불화는 수렵시대의 아버지와 아들 관계를 연구한 인류학자들의 분석과도 비슷한 줄거리로 이어지고 있다. 삶의 가장 기본 단위인 가족 안에서조차 아버지와 아들이 대화하는 방법을 찾지 못하는 것은 기이한 일이다.

　나는 특히 고위직에 있던 사람들이 아들과 인연을 끊어버린 채 점점 고독의 세계로 침잠하고 자기를 태워버리다 마지막 시간을 쓸쓸히 보내는 게 너무 애처롭게 여겨졌다. 화를 풀지 못해 시력마저 잃어버린 정치인도 있다. 어떤 시인과 소설가, 그리고 몇몇 사업가도 이런 문제로 가슴앓이를 하다 홀연히 세상을 떠났다. 아버지의 사회적 지위가 높은 순서대로 아들을 향한 욕구는 커지고, 이에 반비례해 아들과의 타협은 점점 멀어지는 모습을 우리는 주변에서 자주 보게 된다. 완충지대 역할을 해온 어머니도 별 도움을 주지 못한다. 아버지는 너무 위에 올라가 있고 아들은 오직 자기 세계에 머물러 살아간다.

나이 든 아버지의 모습이 가장 쓸쓸해 보이는 곳이 병원이다. 딸의 부축을 받고 오는 환자에게선 화기가 느껴지지만, 아들로 보이는 젊은이와 함께 검사실에 나타난 연로한 남자에게서는 지치고 피곤한 표정이 뚜렷하다. 환자를 거들어주는 젊은 보호자의 모양새가 어색하기 짝이 없고 침묵의 시간이 길다. 간호사가 환자 이름을 부르며 반드시 보호자를 확인한다. "예, 제가 아들입니다"라고 답변한 청년은 아버지를 수면 내시경 검사를 받는 침대에 눕힌 후 대기실에서 노트북을 켜놓고 자기 일에 열중하거나 코를 골며 잠을 자기도 한다. "멀리 가시면 안 돼요." 간호사는 젊은 남자 보호자들에게는 미리 주의 주는 것을 게을리하지 않는다. 아들과 딸은 보호자로서의 성실성이나 집중도 면에서 차이가 크다는 것을 경험적으로 알아서 그러는 듯했다.

나는 호스피스 병동에서 3선 국회의원을 지낸 B씨 아들에게서 색다른 임종 경험을 들으며 부자간의 감정 표현이 서툴거나 단절되는 이유를 더듬어 갔다. 그가 눈시울을 붉히며 이야기했다. "아버지가 돌아가시기 전날, 오늘 밤이 마지막일지도 모른다는 생각이 들었습니다.

이불 속에 있는 아버지 손을 살짝 잡았습니다. 지금까지 잡아본 적이 없었던 손이었어요. 그런데 몇 초 만에 아버지가 슬그머니 손을 빼는 거예요. 정말 민망했어요. 아니, 아들 손잡는 게 그렇게 싫으신 건가, 그러다가 문득 아냐, 아버지가 어색해서 그래, 하고 마음을 고쳐먹었습니다."

다음 날 새벽 아버지가 숨을 거둔 순간 다시 손을 잡았을 때 식어가는 체온에 눈물이 쏟아졌다고 한다. "어떻든 아버지가 임종하신 후에야 다시 손을 잡을 수 있었어요. 부자간의 경계와 영역 허물기가 이처럼 어려울까요." 아들의 질문에 나는 아무 답변도 하지 못했다. 그의 아버지는 생전에 혼자서 어렵게 발톱을 깎으려다 상처를 내는 바람에 발톱 뽑는 수술까지 받은 적이 있었다. 그때 그는 두 달 동안 목발에 의지하면서, 늙으면 발톱 깎는 것을 다른 사람에게 맡기라고 내게 신신당부한 적이 있었다.

나는 두 달 전 암 수술 이후 처음으로 내 아들에게 발톱을 잘라 달라고 부탁했다. 허리 굽히기가 어려웠고 손톱깎이를 발톱에 정확히 물려서 잘라내기도 만만치 않은 일이었다. 발톱을 깎는다는 것은 노·장년 남녀가 겪는 공통의 난제였다. 40대 중반의 아들에게 발톱 손질을 맡기면서 머뭇거리기를 되풀이했다. 아들의 손길이 따뜻했다. 발가락이 간지러웠다. "조심스럽게 잘라. 잘못했다간 발가락 수술도 해야 할지 몰라." 우리 부자간의 친밀한 상호작용이 발톱에서 시작됐다. 그때 나는 언젠가 맞이하게 될 내 장례식 절차며 집안의 대소사에 이르기까지 아들과 깊이 있는 의견을 나눴다.

보통의 아버지들은 아들에 대해 갖는 사랑을 제대로 표현하지 못한다. 세월에 시달리면서 감정 표현이 무뎌지거나 거칠어졌다. 권위의 껍질을 벗지 못하는 아버지가 자신만의 인생 가치를 찾는 아들의 세계를 받아들이지 못해 서로 척을 지고 사는 경우도 여럿 있다. 하지만 결코 닳거나 사라질 수 없는 부정(父情)이다. 모정의 3분의 1만큼이라도 자식들로부터 대접받았으면 한다. 옛 사진 한장의 추억, 어깨 마사지, 발톱 다듬어주기 등으로 대화의 물꼬를 틀 수 없을까.

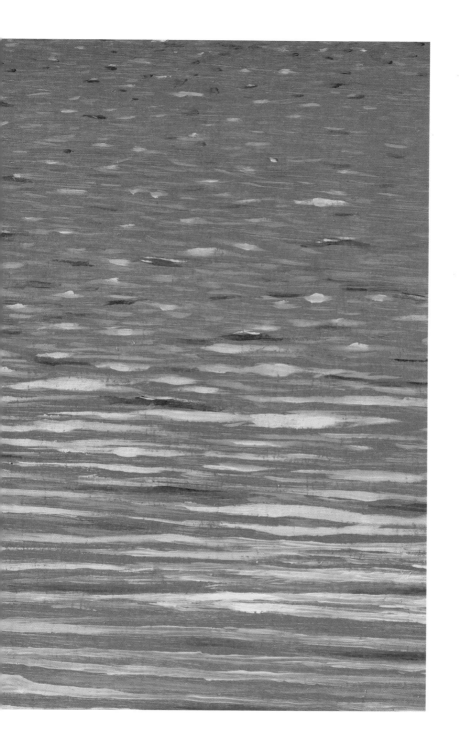

내복 차림으로 30분을 달렸던,

늙음 마주한 '악몽의 그날'

2년 전 겨울 설을 며칠 앞두고 내 아파트에서 쫓겨나는 별난 일을 겪었다. 아침 일찍 현관문을 열고 신문을 갖고 들어오려다 손잡이를 놓치는 바람에 꽝하고 문이 닫혔다. 밖에 서서 현관문 도어락의 비밀번호를 눌렀는데 잠깐 빛이 반짝하더니 반응이 없었다. 두 번째 시도했을 때는 아예 번호판 숫자도 나타나지 않았다. 갑자기 얼음 벼락을 맞은 것처럼 온 머리가 쭈뼛했다. 정신을 차리고 세 번째 비밀번호를 누를 때 손가락에 경련이 일었다.

현관문은 철판처럼 우뚝 서서 내게 아무런 신호음도 들려주지 않았다.

그제야 도어락 건전지가 방전된 것을 알았다. 비상전원을 켜는 방법이 있었던 것 같은데 전혀 생각이 나지 않았다. 마침 강추위가 엄습한 때여서 아파트 계단 사이로 흘러들어오는 찬바람에 몸을 떨었다. 어떻게 해야지? 그때 내가 쏟아낸 말은 그것뿐이었다. 잠자리에서 막 일어난 내복 차림인 데다 별다른 교류 없이 수인사만 하고 지내는 같은 층의 옆 주민을 이른 새벽부터 깨워 도움을 받을 처지도 못됐다.

엘리베이터를 타고 지하층 아파트 관리사무실로 종종걸음을 쳤다. 온몸이 덜덜 떨려 양손으로 가슴팍을 비벼대는 내 꼴이 수상하게 보였던지 차를 몰고 출근하는 운전자들의 수상쩍어하는 시선이 따가웠다. 주간 근무시간을 제외하고는 사무실이 비어있다는 것을 뒤늦게 알아차리고 발길을 돌려 건물 입구 쪽 경비실로 뛰었다. 경비원은 내복 차림으로 창문을 두들기는 나를 보자마자 비상 마이크 버튼에 손을 올렸다. 괴한이 출현했다고 신고라도 할 태세였다.

여보세요, 나 이 아파트 주민이에요. 현관문이 잠겨서
집에 못 들어가고 있어요.

경비실 창문에 얼굴을 바짝 대고 큰소리를 지르자 경
비원은 긴가민가한 표정으로 나를 훑어보더니 문을 열
어주었다. 덜덜 떨고 있는 내 꼴이 처량해 보였던지 패딩
제복을 어깨에 씌워 주었다. 도어락 건전지가 다 닳아서
문이 꼼짝도 안 한다는 설명을 듣자마자 그는 무심하게
툭 뱉었다.

아니 오래전에 경고음이 나왔을 거 아녜요, 건전지 교
체하라고.

하지만 나는 그런 걸 들은 기억이 없었다. 도어락에서
뭔가 웅얼거리는 소리가 들린 적은 있지만 그게 건전지
를 바꿔 끼우라는 메시지인 줄은 전혀 인식하지 못했다.

작은 소리에 둔감해졌나 봐요. 분명히 도어락이 사전
경고를 보냈겠죠.

나는 내 청각 기능이 노화를 겪고 있다는 사실에 서글 펐다. 따뜻한 차 한잔을 얻어 마시며 몸을 녹인 후 경비 원 휴대전화를 빌려 내 아파트 메인 키를 나눠 가진 아들 에게 구원의 전화를 하려 했다. 그런데 갑자기 번호가 생 각나지 않았다. 대충 짚어 전화를 걸 때마다 전혀 엉뚱한 사람의 목소리가 튀쳐나와 한겨울에 진땀을 흘렸다.

생각나지 않으세요? 천천히 기억을 더듬어 보세요.

경비원의 걱정스러운 말투에 나는 더 조바심을 느꼈 다. 형편없이 구겨진 내 몰골과 망각, 부끄러움 등이 뒤 범벅이 돼 내 몸 안에서 복잡한 화학작용을 일으켰다. 한 참 후에 숫자 놀음 하듯 겨우 알아낸 전화번호로 아들의 목소리가 들렸을 때 구세주를 만난 것 같았다. 그날 오후 부터 신열로 끙끙 앓기 시작해 이후 일주일 동안 감기 증 세에 시달렸다.

이런 악몽을 겪고 나서 얼마 후에 작은 선물을 들고 그 날 신세 졌던 아파트 경비원을 찾아갔다. 만면에 웃음을 가득 먹은 그가 내게 이런 말을 던졌다.

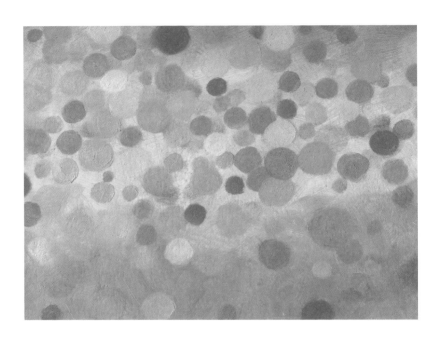

자기 아파트에서 쫓겨난 분이 또 있었어요. 이사 온 지 얼마 안 된 남성 세대주인데 새벽에 배송된 택배 물건을 집다가 현관문이 닫히는 바람에 치한으로 몰렸어요. 옆집 젊은 여성이 출근하다 팬티 바람의 낯선 남자가 문 앞에서 서성거리는 것을 보고 기겁해서 경비실에 연락한 거죠. 50대인 그 세대주가 하는 말이, 분명 새로 설정한 비밀번호를 눌렀는데 계속 에러가 생겨 이러지도 저러지도 못하고 크게 망신을 당했다는 거지요.

노인만 실수하는 것은 아니라는 경비원의 작은 위로가 지난날 입었던 내 마음의 상처를 어루만져 주었다. 그러나 그것도 잠시였다. 도어락을 볼 때마다 건전지 교체 지시를 알아듣지 못해 모진 고생을 한 기억이 되살아났고, 또 무슨 희한한 해프닝이 벌어질지 모른다는 생각이 들어 현관문을 여닫을 때마다 도어락 메시지에 바짝 귀를 기울이는 버릇이 생겼다. 그런데도 도어락에서 들리는 메시지 내용이 귀에 잘 들어오지 않을 때는 '이건 또 뭐지' 하는 생각에 스트레스가 쌓였다.

엄동설한 이른 새벽에 내복 차림으로 아파트에서 고

립돼 복도와 지하주차장을 30여 분 동안 헤맨 사실을 나는 누구에게도 입 뻥긋조차 하기 싫었다. 사건이 벌어진 날 아파트 주민 가운데 출근하다가 지하주차장에서 나를 눈여겨본 사람이 있었다면 엘리베이터 안에서 우연히 마주칠 수 있을 것이다. 그 눈초리를 내가 감당하기 어려울 것이라는 생각에 한동안 패딩 점퍼의 후드를 깊이 눌러쓰고 다녔다.

사실 나는 건강검진 때마다 청각 기능이 조금씩 떨어진다는 의사의 설명을 들은 적이 있어서 그 사건 이전부터 가는귀에 신경이 많이 쓰였다. 의사는 오랜 직장생활을 거쳐 노화까지 겹치면 보통의 은퇴자들에게서 나타날 수 있는 일반적인 현상이라고 설명했다. 그러나 몇 년 후에는 보청기 사용 여부를 진지하게 생각해 봐야 한다는 의견을 달았다. 보청기를 끼어야 할지, 말아야 할지 결정하는 엄중한 시기가 다가왔음을 알려준 것이다. 넌 정말 어쩔 수 없는 노인이라는 것을 대내외에 공표하는 상징적인 물건, 그것이 보청기였다.

망자의 이야기를

듣는 남자

　내가 지금까지 가 본 몇몇 종합병원 중환자실에는 벽시계가 걸려 있지 않았다. 수백 가지 중증에 시달리고 있는 환자들의 고통과 신음이 가득 찬 곳에서 현재 시각을 알려준다는 것이 의미 없는 일이어서 굳이 안 걸었는지 모른다. 모든 의료기기에 시간이 들어가 있고 의료진도 그 시간 속에서 치료에 전념하고 있으니 환자만 시간에서 소외된 셈이다.

　의식을 회복한 채 중환자실을 빠져나갈 차례를 기다

리고 있는 환자들에게 시간은 초조한 삶 그 자체다. 간호사에게 현재 시각을 물어보는 일이 잦아지는 데는 다 이런 이유가 있다. 그들은 휴대전화의 시간 서비스를 이용할 힘조차 없어 남에게 물을 수밖에 없다. 이게 보통의 중환자실 풍경이다.

하지만 종교단체가 운영하는 경기도 포천의 한 호스피스 병동에는 입원실마다 벽시계가 걸려 있었다. 용인의 호스피스 병동과 충북 음성 꽃동네도 마찬가지였다. 12년 전 이곳을 방문했을 때나 지금이나 여전하다. 이 시계는 어느 날 환자들에게 삶의 시간을 알려주기도 하고 또 다른 날에는 죽음의 사신이 다가오고 있음을 통보하기도 한다.

예전에 내 아내와 호스피스 병동 2인실을 나눠 쓰던 한 말기 환자는 예민한 청각 때문에 큰 말썽을 일으킨 적이 있다. 자정이 가까울수록 벽시계 초침의 째깍거리는 소리가 심장을 두들기는 것처럼 느껴져 잠을 이룰 수 없다고 하소연했다. 그러더니 며칠 후에는 벽시계의 문자판이 보이지 않게 돌려놓자고 내 아내에게 졸랐다. 또 며칠 지나서는 아예 시계 건전지를 뽑아버리자고 했다. 급기야 시계를 통째로 떼어버리자는 대담한 제의까지 해 왔다.

이런 사정을 전달받은 수간호사의 배려로 밤에만 건전지를 빼서 벽시계의 시침과 초침의 기능을 정지시키는 선에서 소동이 진정됐다. 강제로 긴 잠에 들어간 시계가 째깍 소리를 낼 리가 없었다. 그런데도 그 여성 환자는 "시계 소리가 시끄러워"라고 중얼거리며 귀마개까지 사용했으나 종내는 초침의 환청이 사라지지 않는 듯 연신 두 손으로 귀를 감쌌다. 이 행동을 어렴풋이나마 이해하게 된 건 한참 뒤였다.

그 호스피스 병동 소속 수녀들을 통해 나는 세상과 하직하는 사람들의 마지막 시간에 대한 이야기를 여러 차례 전해 들었다. 이를 계기로 임종을 앞둔 환자들의 귀가 왜 계속 열려 있는지 관심을 갖게 됐고, 숨어서 봉사활동을 벌이고 있는 염장이들의 정체를 발견하기도 했다.

그중 한 사람이 국회 사무차장을 지낸 인물이었다. 현직 국회 사무차장 시절부터 남몰래 해 온 그의 염장 봉사활동을 아는 사람은 아내와 성당의 신부, 그리고 국회에서 함께 일하는 비서뿐이었다. 야간에 그를 긴급 호출하기도 했던 국회의장조차 자신의 지휘 하에 있는 차관급 고위 간부가 바로 그 시간에 시신을 염하고 있다는 사실은 알지 못했다. 망자의 이야기를 듣는다는 그를 하루라도 빨리 만나고 싶었다. 그와 휴대전화로 간신히 연결된 후에도 실제로 만나는 시간을 약속하기까지 여러 사람의 보증을 거쳐야만 했다. 자신의 정체가 드러나는 것을 지극히 싫어했던 탓이다.

그렇게 우여곡절 끝에 만난 후 이 염습(殮襲) 봉사자의 놀랄 만한 청각 기능에 경외감을 갖기 시작했다. 인터뷰는 그의 뜻에 따라 무명씨로 진행됐다. 그가 15년 동안 염습을 하는 내내 자신을 드러낸 처음이자 마지막 노출이었다.

그는 망자의 소리를 듣는 3차원적인 청각 기능이 있다고 했다. 그것이 어떻게 가능한 일인지 나로선 과학적인 의심을 할 수밖에 없었다. 머리로는 미심쩍은 구석을 찾으려 했지만, 그에게 사선을 넘어 가버렸을 인간의 영혼을 읽는 디테일이 갖추어진 것처럼 여겨졌다.

당시 72세였던 그는 병원 영안실에 보관된 시신을 입

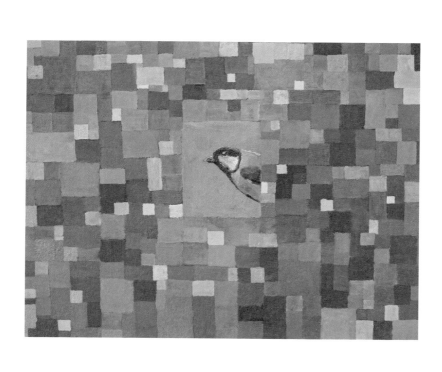

관실의 큰 받침대에 올려놓고 네 명의 팀을 지휘하며 염을 진행했다. 그는 시신을 유심히 들여다보면 죽은 자의 인생이 어떠했는지를 짚을 수 있고 고통 없이 마지막 시기를 맞이했는지도 알 수 있다고 했다. 그리고 결정적으로 시신의 팔다리 등을 똑바로 펴주고 씻긴 뒤 수의를 갈아입힐 때 몸이 들려주는 이야기가 귀에 들린다고 했다. 하긴 그에게 온몸을 맡긴 망자가 왜 침묵을 지키겠는가. 그러니 그도 마지막 이별의 순간에 망자의 하소연에 자신의 귀를 바짝 세운다는 것이다.

무명씨가 염하는 동안 현장에 있는 상주를 비롯해 유족의 표정과 시선이 죽은 자의 삶을 읽어 주는 안내역을 맡는다. "그 많은 돈은 어떻게 했지? 설마 관에 넣지는 않겠지?"라는 소곤거림이 귀에 와 닿는 경우도 있다. 무명씨의 청각은 유족들의 긴장이 드라마틱하게 전개되는 순간일수록 더욱 예민해진다. 시신을 입관할 때 기이할 정도로 섧게 우는 사람을 보면 망자와 어떤 관계가 있었는지 짐작하게 된다.

유족들은 서로 다른 계산을 하면서 통곡한다. 죽은 자

와 산 자의 관계가 여러 가지 소리 속에서 정리된다. 무명씨는 그가 귀로 들은 소리의 여러 가지 형태에 관해서만 이야기했을 뿐 구체적인 내용은 함구했다. 대신 이런 얘기를 전했다. 과거 어떤 상주가 염습을 끝낸 그에게 망자의 귀가 언제까지 살아 있느냐고 질문했단다. 상황에 따라 조금씩 답은 달랐지만 무슨 답을 하든 유족들은 인간의 청각 기능이 기이하기도 하고 두렵기도 하다는 표정이었다고 한다. 무명씨가 노년의 지금까지 이어온 염봉사를 더 알고 싶었지만 허사였다. 그 만남 이후 그의 자취가 모두 끊겼다. 기이하고도 특별한 인물이었다.

비록 무명씨에게 더 깊은 이야기는 못 들었지만, 망자와 관련한 이런저런 경험을 쌓는 동안 사람이 세상과 이별한 직후에도 청각 기능이 일정 시간 유지된다는 경험담에 더 귀를 기울이게 됐다. 내 가족의 죽음을 통해 직접 체험하기도 했다. 식물인간으로 불리는 환자들에겐 더 많은 사연이 있다. 그러니 어디서든 말조심하라. 떠나는 사람에게도 말조심하라. 망자는 시간과 이별했지만, 그의 영혼은 우리 주변을 서성거리고 있다. 함부로 웅성

거리지 말라. 망자의 귀는 열려 있다. 특히 고통 받는 사람이 죽어갈 때 더욱 말을 조심하라는 선인들의 경고를 귀담아들어야 한다.

"장관님, 암 그냥 놔둡시다"

이어령이 웰다잉 택한 그날

한국의 대표 지성으로 불린 이어령 씨가 재작년 2월 세상을 떠났을 때 "이제부터 죽음을 정리하는 작업을 시작해야 한다"고 다짐하던 7년 전 그의 모습이 떠올랐다. 그는 자신의 말대로 그 작업을 끝내고 삶을 마감한 인생의 승자였다.

생로병사라는 자연법칙을 거스를 수 없다는 점에서는 다른 이와 같은 패자였을지 모르지만 웰다잉의 좋은 모델로 남았다는 점에서 역시 승자였다. 그는 끝까지 존엄을 지켰다. 이어령의 사후 2주기를 맞아 17년 동안 가까이서 지켜보며 기록한 메모를 참고로 그의 인생 종반의 흔적을 여기에 적는다.

2017년 6월의 세 번째 월요일 저녁. 서울 정동 세실레스토랑에 들어섰을 때 이어령 전 문화부 장관(이하 존칭 생략)이 먼저 와서 기다리고 있었다. 벌써 도착한 J 박사와 이야기 중이었는데 분위기가 어두웠다. 이어령은 한 달 전 서울 평창동 그의 사무실에서 마주 앉은 내게 이런 부탁을 했다.

속 시원하게 설명해 줄 만한 좋은 의사 없을까요. 내가 암 투병 중이요.

신문사 퇴직 후 이곳저곳에서 웰다잉 강의를 하러 다니던 중 나는 그가 앓고 있다는 소문을 전해 들은 적이 있다. 그때 그와 J 박사와의 만남을 다시 주선하는 게 좋겠다는 생각을 굳혔다. 이어령은 딸 이민아 목사가 몹시 아팠을 때인 2011년 7월에도 저녁 식사에 나를 초대했다. 그때나 지금이나 이어령은 암 치료를 둘러싼 궁금증을 풀어 줄 의사의 조언을 간절히 희망했다.

현역 기자 시절 여러 문화행사에서 어쩌다 한 번씩 그와 대면할 기회가 있었다. 하지만 그와 깊이 있는 이야기를 나눌 틈은 없었다. 그를 자주 마주하게 된 것은 중앙일보 편집국장으로 재직한 지 1년여가 지난 2001년 초부터였다. 그가 중앙일보 고문으로 영입되면서 하루에도 몇 차례씩 얼굴을 보게 되었다.

편집국과 논설위원실 등에서 여러 보직을 거쳐 퇴임한 뒤까지 만남은 17년간 이어졌다. 편집국장 시절에는 주요 간부들과 함께 매주 한 차례 그와 점심을 같이 하며 21세기 초에 벌어진 세상사의 이모저모에 대해 의견을 나누었고, 귀에 솔깃한 아이디어는 일선 기자들의 취재를 거쳐 신문 제작에 반영하는 일도 더러 있었다.

이어령은 기자들의 현장 감각과 문제를 보는 시각을 존중했다. 그러나 과도하게 넘치는 메시지와 주변 사람의 개성을 압도하는 화제 독점 탓에 슬슬 합석을 피하는 간부들이 늘었다. 그때 나는 오히려 그와의 단독 점심이나 티타임 횟수를 늘렸다. 그는 끝없는 질문을 던지며 가

끔 그가 쓰는 칼럼에 세상을 들여다보는 새로운 시각을
담기도 했다.

　몇 년 후 내 딸과 아내가 차례차례 말기 암 환자로 신
음하고 있을 땐 대체의학에 관한 여러 정보를 알려주며
마음 깊은 위로로 나를 감싸 주었다. 세월이 흐르며 서로
의 입장이 몇 차례 바뀌기도 했다. 그의 딸 역시 병마에
쓰러지고 5년이란 시간이 흐른 뒤 이번엔 이어령 자신이
암과 싸워야 하는 긴급한 상황이 벌어졌다.

　이어령이 나를 찾은 건 암 진료에 관해 솔직한 의견을
들려줄 의사를 만나고 싶어서였다. 주치의가 아닌 다른
전문가로부터 두 번째 의견을 참고하고자 하는 뜻이었
다. 그마저 재작년 2월 세상을 떠나고 이제는 내가 암과
싸우는 처지가 되었으니 우리는 서로 다른 삶과 죽음의
이모저모를 돌아가며 겪는 셈이다.

　2017년 내가 이어령에게 처음 추천했던 J는 웰다잉 취
재 과정에서 알게 된 독특한 의료인이었다. 미국에서 25
년 동안 암 연구와 치료에 전념해 왔고 국내에서도 활발
하게 일하며 지켜온 명의라는 이름값 때문에 구원을 외

치는 암 환자들이 그를 에워싸고 있었다. J의 항암 치료를 받으려면 2년 이상 기다려야 했다.

그는 의사이면서 토속적이고도 철학적인 화두를 자주 던지는 말재주꾼이라 이어령의 시선에 딱 꽂히기 좋은 인물이었다. 이를테면 말기 환자 가족이 그에게 "최선을 다해 주세요, 모든 것을 다 맡기겠습니다"라고 하소연하면 "아뇨, 그렇게 맡기면 나중에 찾아갈 게 없어요. 나도 별로 할 게 없고요"라고 답변했다. 어차피 말기 단계에서는 환자 스스로가 웰다잉을 생각해야 한다는 뜻을 넌지시 던지곤 했다.

남의 차 얻어 타고 험한 길에 들어서면 심한 차멀미를 하다 쓰러져요. 그러나 본인이 직접 운전하면 그런 일이 없어요. 제발 다른 사람 차 타지 말고 자기 차로 가세요.

환자들이 암 치료 받는답시고 죽을 둥 살 둥 엄청난 고통 속에서 허덕이지 말고 스스로 삶을 정리할 수 있는 편안한 방법을 찾으라는 경고를 그런 식으로 전달했다. J는 말기 암 치료의 최종 단계에 자연스럽게 죽음을 맞이하는 존엄사를 강조해 온 흔치 않은 의사였다. 나는 이어령에게 그의 평소 생각을 미리 설명해 두었다.

식사가 시작되면서 이어령은 자신의 여러 가지 증상을 소상하게 나열했다. 각종 검사 중 겪는 고통과 갖가지 상념도 덧붙였다. "그런데 말입니다. 내가 할 일이 참 많아요. 지금 20여 가지 프로젝트를 진행하고 있는데…. 책도 여러 권 써야 하고 방송 프로그램도 있고…." 유창하던 그의 말이 여기서 그쳤다. 한참 후에 그는 "이게 그동안 내가 병원에서 받았던 검사 자료와 의무기록 사본"이라고 말하며 가지고 온 봉투 속에서 서류를 꺼내 J 앞으로 내밀었다. 무거운 침묵의 시간이 흐르면서 저녁 식사가 거북하게 느껴졌다.

J는 한 페이지씩 서류를 넘길 때마다 이어령의 표정을 살폈다. 그러고는 한참 후 아무런 수식어도 붙이지 않은 채 거두절미하고 이렇게 말했다.

장관님, 암을 이대로 놔두시면 어떻습니까. 그냥 이대로 사시면서요. 나는 암 환자가 아니다고 생각하시고 일할 수 있을 때까지 계속하시는 게 낫겠습니다. 3년 사시게 되면 3년 치 일하시고 5년 사시게 되면 5년 치 일만 하시는 게 좋겠어요. 그게 치료 방법입니다.

나는 J가 그토록 단도직입적으로 말할 줄은 상상도 못했다. 너무나 확실하게 쏟아낸 말이었다. J의 권고안은 오래전 그의 딸이 선택했던 것과 같은 것이었다.

이어령은 "허, 참" 하고 가볍게 웃어넘겼다. 세상에 가장 긴 이야기를 재미있게 만들어내는 언어마술사 이어령에게 J는 가장 짧고 쉬운 문장으로 설명했다. 나는 참으로 잘 조화된 질문과 답변이라고 생각했다. 이어령의 긴 질문은 서류 속에 있었고 J의 답변은 인생을 다 산 할아버지의 농축된 식견처럼 표출되었다. 이어령은 한식 요리를 먹으면서 마지막에는 하얀 밥에 나물 조금, 그 위에 고추장 한 숟가락 듬뿍 넣고 참기름까지 주룩 흘려 넣어 비빔밥을 만들었다. 침묵의 식사 시간을 메우려는 듯한 이어령의 재빠른 즉석요리 솜씨를 J는 재미있다는 듯 쳐다보았다.

이어령은 그때 어떤 암 환자 이야기를 꺼냈다. 가장이

중병에 시달리면 가족들의 속내도 복잡하게 얽힌다는 것
이었다. 환자를 둘러싼 세상의 단면을 우스갯소리로 풀
어내자 우리 셋이 모두 큰소리로 웃었다. 한참 후에 J가
자신의 소견을 마무리하는 이야기를 조심스럽게 꺼냈다.
말기 환자가 머릿속에 담아 두어야 할 삶의 주제였다.

　장관님, 저는 환자들에게 이런 이야기를 자주 합니다.
　살기 위해 치료받을 것인가, 치료받기 위해 살 것인가
　를 생각해 보자고요. 환자마다 받아들이는 게 다 다릅
　니다.

　이어령은 고개를 끄덕였다. "그렇군, 그래요."가 유일
한 코멘트였다. 언제나 긴 문장이었던 그의 말솜씨가 잠
잠해진 것이 슬퍼졌다. 그의 눈 가장자리가 젖어 있었다.
헤어질 때 그가 내민 손에 힘이 실리지 않았다.

"난 살기 죽기 아닌 죽기 살기",

죽음은 닮았다

죽음의 고통에 대한 이어령 전 문화부 장관(이하 존칭 생략)과의 대화는 사실 그가 암 투병을 하기 훨씬 전인 2011년 7월로 거슬러 올라간다. 서울시청 광장이 내려다 보이는 호텔 일식당에서 둘이 마주 앉아 저녁식사로 냄비우동을 주문했다. 넓은 창문을 통해 서쪽 노을빛이 인왕산 바위에 주황색을 입히는 순간이 시야에 들어왔다.

아, 저 큰 바위가 다른 모습으로 보이네.

그가 감탄했다. 하지만 감탄의 순간은 잠시였다. 그가 이내 슬픈 이야기를 꺼냈다. 미국에 거주하던 당시 52세 딸 이민아 목사가 얼마 전 한국에 와 진찰을 받았는데 난소암 4기 통보를 받았다고 했다. "그렇게 잘 먹고 이상 없이 일상생활하던 딸이 그 모양이라니?"라며 한숨을 쉬었다. 딸의 예상 생존 기간은 매우 짧았다. 항암제 치료를 받으면 몇 개월 더 살 수 있을 것이라는 병원 이야기를 들려주었다. 그가 가슴 아파한 건 병 자체보다 딸의 반응이었다.

아빠, 몇 개월 더 살자고 그 고통스러운 치료를 받아? 그게 맞는 이야기야? 나는 통증 치료를 받으며 집에서 지내다 떠날 거야. 병원에서 죽기 싫어.

이렇게 대들더라는 것이다. 이어령은 딸의 의견을 어떻게 받아들여야 할지, 다른 의사의 소견은 어떤지 알아보고 싶다고 말했다.

"딸아이가 겉으로는 명랑한데 속으로는 얼마나 힘들

겠나” 하고 안타까워했다. 병원 측의 사무적인 대응이
나 어려운 의학용어를 나열한 예후 설명에 그의 부성
(父性)이 만족하지 못하고 초조해했다. 우동을 먹은 뒤
이어령은 종업원에게 고추장과 참기름을 부탁했다.
그 종업원이 호텔 한 층 위에 있는 한식당에서 고추장
을 얻어 오는 특별 서비스를 제공해 준 덕에 이어령의
비빔밥이 슬픈 이야기까지 쓸어담아버렸다.

항암제 전문가인 J 박사와의 첫 번째 만남은 그 뒤에
이뤄졌다. 집에서 투병생활을 하고 싶다는 딸의 간절한
소망을 이어령이 부담 없이 받아들였다는 이야기를 나
중에 전해들었다. J의 도움말이 그의 불안감을 크게 덜어
주었을 뿐만 아니라 딸이 지독한 통증에서 빠져나와 삶
의 존엄을 지켜나가는 생활이 얼마나 중요한 것인지를
충분히 이해했다고 생각했다.

큰아이의 죽음과 둘째아이의 자폐증까지 견뎌낸 이민
아 목사에 대해 이어령이 느끼는 부정(父情)은 몇 겹으로
두텁고 깊을 수밖에 없었다. 그의 딸이 웰다잉이라는 가
치관에서 아빠를 앞서갈 수 있었던 이유를 곰곰 생각해

봤다. 딸은 미국 로스앤젤레스에서 10년 동안 검사로 활동했다. LA가 속한 캘리포니아주는 1976년 세계 최초로 자연사법(Natural Death Act)을 제정한 곳이다. 우리나라가 2018년부터 시행하고 있는 연명의료결정법(일명 존엄사법)보다 무려 42년이나 앞서 만들어졌다.

말기 환자에게 과잉 치료를 중단하고 편안한 죽음을 선택할 수 있는 권리를 부여하자는 법의 취지를 이어령의 딸은 법조인으로서 자세히 숙지하고 있었을 것이다. 미국 대학들이 오래전부터 인기 있는 교양과목으로 죽음학 강좌를 개설하는 이유도 인간의 존엄과 인권을 삶의 우선순위에 놓았기 때문이다. J가 이어령에게 직설적 화법으로 내놓은 암 투병 생활의 요체도 여기에 뿌리를 두고 있었다. 의료 현장에서 엿본 인간의 치료 욕망과 고통에 대한 관찰에서 나온 것이었다.

이어령의 딸은 그로부터 6개월 후인 2012년 3월 평화롭게 눈을 감았다. 그는 딸의 영향을 받아 이보다 몇 년 전 기독교 세례를 받았을 뿐만 아니라 깊이 있게 웰다잉을 들여다보기 시작했다. 신의 세계와 죽음의 세계라는 두 개의 커다란 문을 동시에 두들겼다. '언어 노동자'로서 안 해 본 일이 없는 그가 처음으로 세례를 받고 죽음을 사유하면서 『지성에서 영성으로』나 『메멘토 모리』 등 수많은 저작물을 연거푸 쏟아내기 시작했다.

딸이 떠난 지 다시 5년 후인 2017년 5월의 저녁식사 자리에서 이어령은 자신의 몸속 암이 여러 장기로 퍼져 나가고 있다는 사실을 알게 됐다면서 "이제 내 죽음도 정리작업을 해야겠어"라고 말했다. "우리는 사는 것보다 죽는 것을 먼저 생각하는 민족 아닌가. 살기 죽기보다 죽기 살기라고 버릇처럼 이야기하듯이"라며 이야기를 시작했다. 나는 이의를 제기했다. 의료 현장에서는 무슨 고통을 무릅쓰고라도 끝까지 치료받으며 살아야겠다는 살기 죽기를 여러 곳에서 목격했다고 설명했다. 연명 의료에 빠지는 환자가 많다는 내 이야기를 그는 반박하지 않았다.

그럴까. 어떻든 나는 절대로 병원에서 죽지 않아요. 의연하게 집에서 죽음을 맞이할 거요. 나한테는 살기 죽기가 아니라 죽기 살기요. 내 하고 싶은 일 다 하고 떠나는 메멘토 모리가 중요해요.

그때 나는 이어령이 딸의 마지막 삶과 똑같은 길을 걷게 될 것이라는 강한 집념을 전달받았다. 참 묘한 기분이었다. 이 시대의 지성이 딸에게 삶의 한 축을 내려놓는 모습이 아름다웠다. J가 그에게 말한 "3년을 사시면 3년 치 일하시고 5년을 사시면 5년 치 일하시는 게 치료 방법"이라는 권고안까지 겹쳐 머리에 떠올랐다. 이어령의 인생 종반에 딸에 대한 부성이 이토록 강하게 나타날 때 한 몽골 감독이 제작한 '우는 낙타 이야기'가 문득 떠올랐다.

내 딸이 세상을 떠났던 2005년 이어령은 이 다큐멘터리 영화를 보라고 나를 채근했다. 고비사막을 횡단하는 여행이 너무 힘들어 출산 후 새끼까지 멀리해 버린 낙타가 몽골 전통 악기의 음률에 취해 눈물을 흘리며 젖을 물려주는 과정을 그린 영화였다. 이어령은 이 영화를 보고 울었다고 굳이 말하지 않았지만 아무리 강심장이라도 아버지라면 틀림없이 눈물 한 방울은 흘렸을 것이다. 10여 년이 더 흘러 내가 이 영화 이야기를 꺼내자 이어령은 자신의 딸을 회상하는 듯한 표정에 젖어 있었다.

그는 재작년 2월 마지막 숨을 거둘 때까지 서재와 연결된 집필실에 병원 침대를 들여놓고 책을 썼다. 원고는 구술을 통해 작성했다. 투병 기간에 항암제 투여나 방사선 치료를 줄곧 거부했다. 이어령은 책을 쓰며 죽어가는 모습을 자주 언론에 공개했다. 기자들의 인터뷰도 서슴없이 받아들였다. 그가 보여준 평화스러운 죽어감(dying)은 우리나라를 포함해 아시아 국가 사이에선 낯선 모습이었다. 그것은 의미 있는 죽음(death)으로 연결되는 통로였다. 그는 웰다잉이라는 소중한 롤 모델이 됐다.

문학평론에서 시작해 88 서울올림픽 개폐회식 대본을 거쳐 자신의 죽음에 이르기까지 이어령이 기획한 굴렁쇠 소년의 꿈은 인간의 가치와 존엄을 그렸다고 생각한다. 이어령의 2주기를 맞아 고슬한 쌀밥과 고추장, 참기름을 그의 영전에 올린다.

'포스트잇 부부'가

택한 인생

  남자의 인생 후반을 가장 적나라하게 들여다보는 사람들이 있다. 바로 호스피스 종사자다. 간호사와 간호조무사, 종교인과 자원봉사자까지 포함해 대부분 여성이다. 드문드문 남성이 같은 일을 맡는 경우도 있지만, 호스피스라는 인간 존엄을 지키는 마지막 칸막이 무대는 단연 여성이 독차지하고 있다. 섬세하게 따뜻한 사랑을 환자에게 쏟는 그들에게서 "남자가 불쌍해, 남자가 불쌍해" 하는 이야기를 자주 듣는다. 그냥 하는 말이 아니라

아주 정색을 하며 내 귀에 꽂아주듯 말을 건넨다. 그만큼 남자 인생의 마지막 여정이 힘들고 험하다는 뜻일 것이다.

70대 남편을 매일 주간보호센터로 보내면서 호스피스 봉사자로 활동하고 있는 한 여성에게 "남자는 무엇으로 사는 것 같으냐"고 물었다. "이건 분명 모순이죠. 한평생 살아온 내 남편을 거들어주는 게 너무 힘들어요. 그런데 다른 환자를 돌봐주는 건 힘들지 않아요. 나름의 의미도 있고요. 그럴수록 내 남편이 너무 짠하고 안타까워서 눈물이 나거든요. 뭐가 옳고 그른 것인지 내 마음속에서 매일 투쟁해요." 또 다른 호스피스 봉사자가 말했다. "30대인 내 아들도 언젠가는 쓸모없는 늙은 남자 대접을 받을 시기가 오겠지요. 어떻게 저 삶을 이끌어줘야 할지 벌써 머릿속이 복잡해요." 나이 든 남자들이 사방에서 치이고 소외당하고 있다는 것을 여자들이 더 잘 안다.

한때 지상파 메인 뉴스 시청률을 1위로 끌어올렸던 유명 앵커 A의 최근 생활을 알게 됐다. 차분하고 날카로운 논평으로 여론의 중심에 섰던 인물인데, 반년 전부터 주간보호센터에서 점심과 저녁 식사를 해결하고 있었다. 말수가 줄고 기억력도 크게 떨어졌다. 그런데도 그는 독거노인이 된 나를 오히려 위로해주는 배려를 잊지 않는다. 되살아나는 옛정에 가슴이 따뜻해지다가도 금세 쓸쓸해진다. 후줄근한 모습으로 보호센터의 배식대에 서 있는 모습이 자꾸 그의 전성기 시절과 오버랩된다. 내가 만약 그의 아내라면 남편 얼굴의 눈썹과 코, 귀 주변의 잔털이라도 깔끔하게 손질해주었을 것이다. 아무리 세월에 녹슬었다 해도 고양이 우는 소리라도 내며 "칠칠치 못하게 이게 뭐야" 하고 잔소리를 좀 했을 것이다. 남편의 구겨진 봄철 티셔츠나 바지도 좀 다려 입도록 도와주었을 것이다. 그냥 이 모습 그대로 보호센터에 가도록 내버려 두지는 않았을 것이다. 하지만 그의 아내는 그렇게 하지 않았다.

오래전에 북한강 변 전원주택에 사는 B 교수 집을 방문한 적이 있었다. 은퇴를 앞두고 전공을 살려 손수 설계한 집이다. 그의 2층 박공지붕에서 팔당댐을 내려다보며 나도 언젠가 이런 집에서 살았으면 좋겠다고 생각했다.

지금 이 계절에 그의 집 주변은 봄꽃이 만발해 있다. 밤에는 은하수의 축복이 내릴 것처럼 보인다. 하지만 그는 우주 속 미아처럼 살고 있다. 지금 그의 옆에는 아무도 없다. 만약 내가 멀리 떠나 있는 그의 아내라면 경의중앙선 야간열차에서 내려 집 앞까지 터덜터덜 걸어갈 것이다. 마음이 뒤틀려 다시 역으로 되돌아가기도 할 것이다. 그러다가 마음을 다시 다져 먹고 마침내 대문을 두들길 것이다. 암 수술을 받고 요양 중인 남편과 화해하고 새로운 역사를 쓸 것이다. 이렇게 그를 편안하게 보낼 준비를 할 것이다. 하지만 그의 아내는 그렇게 하지 않았다.

혹시 스티커(포스트잇) 부부 이야기를 들어본 사람이 있을까. 참으로 오랫동안 말없이 지낸 부부가 있다. 지성인으로 불리는 사람들이다. 남편 C는 모든 의사 표시를 오직 스티커에 남겨 놓을 뿐 말문을 열지 않는다. "오늘 저녁 약속 있음. 10시쯤 귀가" 하는 식의 메모를 매일 식탁 위에 붙여 놓는다. 밤중에 남편이 들어와도 아내는 방에서 나오지 않는다. 단지 문 여닫는 소리, 샤워장 물소리 등으로 남편의 존재를 인식한다. 아침 식사는 각

자 알아서 처리한다. 그런 생활을 5년이나 지속했다. 무던하면서 무서운 사람들이다. 남편이 은퇴하고 어느 날 심근경색으로 쓰러졌을 때 아내는 앰뷸런스를 호출하면서 남편을 깨우려 애썼다. 긴급상황이 벌어지고 나서야 긴 침묵의 시간이 깨졌다. 하지만 남편이 회복되고 나서 두 사람은 다시 침묵 모드로 들어갔다. "차라리 이혼하지그래?" 하고 어느 날 내가 그를 떠봤다. "아냐, 이 침묵이 얼마나 편한데"하고 그가 짧게 답했다. 도대체, 부부란 무엇으로 사느냐고 나는 스스로 물었다. 그가 몇 달 전 또 쓰러졌다는 이야기를 들었을 때 내 마음은 오히려 잔잔했다. 내가 그의 아내라면 "여보" 하고 정다운 목소리로 남편을 불렀을 것이다. 고집스럽고 불쌍한 남자의 심장을 한껏 꼬집으며 "바보야, 꼭 이렇게 살다가 갈 거야?" 하고 단단히 시비를 붙었을 것이다. 하지만 그의 아내는 그렇게 하지 않았다.

나는 생전의 아내와 싸울 때 침묵 전술에서 이겨본 적이 없다. 그 긴장을 이겨내지 못해 하루 만에 백기를 들곤 했다. 잠자리 들기 전에 아내와 화해하지 않으면 잠을 이룰 수 없었다. 취침 전에는 무조건 내가 잘못했다고 빌었다. 때때로 아내를 괘씸하게 여겼지만 내가 편히 자기 위해서는 그럴 수밖에 없었다. 매우 이기주의적인 발상이었다. 실제로 나중엔 진실성이 없다는 이유로 아내가 내 사과조차 받아주지 않는 기이한 일도 벌어졌다. 그럴 때마다 "역시 남자는 좀 깽판을 쳐야 돼" 하고 나는 속으로 별렀다. 아내가 세상을 먼저 떠난 뒤 현명하게 살았다고 나를 위안했다. 아내와 버티기 작전으로 살았다면 지금의 나는 더욱 초라했을 것이다.

이따금 식사를 같이하는 70대 경영인 D에게 내 경험을 전수해주려 했지만 그는 "이론과 실제는 다르다"며 한집에서 아내와의 별거를 몇 년째 계속하고 있다. 코로나19 팬데믹을 거치면서도 그 싸움판을 끝내지 못했다. 이해 불가능한 일들이 천지에 널려 있다. 부부간의 일은 어떤 귀신도 이해하지 못한다. 세상에는 황혼 이혼이나 졸혼만 있는 게 아니다. 가정이라는 작은 공간에서 이것도 저것도 아닌 냉전과 휴전이 반복되기도 하고 침묵이라는 최고의 화술을 시험하다 쓰러지기도 한다.

늙은 남자의 방황은 동물의 수컷 세계와 크게 다를 게 없어 보인다. 막바지에 다다른 남자의 인생은 이미 기울어진 운동장이다. 어떤 인생을 살았든 여자보다 남자가 더 잘났다고 말할 것이 하나도 없다. 그렇기에 내가 만약 60~70대 여성이라면 애정의 최고 형태인 모성애로 나이 든 남편에게 따뜻한 말을 건넬 것이다. 한두 번쯤은 더 그럴 것이다. 석양볕을 쬐고 있는 남편의 마지막 자존심에 상처를 내지 않도록 조심할 것이다. 엄마로는 돌아갈 수 있어도 아내로는 돌아갈 수 없다면 남편의 어머니로 돌아갈 것이다. 철딱서니 없는 남편의 정신이 혼미하지 않도록 돌봐 줄 것이다. 그래도 내 마음이 잡히지 않으면 회심곡이라도 한번 들어볼 것이다.

요양병원

그 주머니의 비밀

버림받는다는 것은 인간이 견디기 힘든 가장 큰 슬픈 일이다. 2~3세 어린이들이 잠깐 엄마의 얼굴이 보이지 않아도 자지러지게 울부짖을 때 지나가는 사람들의 마음을 아프게 한다. 아이들이 부모 품을 파고드는 이유 가운데 하나가 분리불안증 때문이란다. 어른이 됐다고 해서 보호받고 싶은 감정이 무뎌지는 것은 아니다. 강한 독립정신으로 세월을 견뎌내지만, 노년에 접어들면 다시 어린이처럼 분리불안증을 나타낸다. 버림받지 않으려는 본능은 여러 가지 간절한 몸짓으로 표현된다.

어느 날 내 책을 읽은 한 독자로부터 e메일을 받았다. 어머니의 비밀 주머니로 이야기가 시작됐다. 폐암 말기 환자인 60대 후반 노모가 아파트에 보관 중인 갖가지 패물들을 요양병원으로 가져와 달라고 신신당부한다는 것이다. 도난 문제 등이 염려스럽고 병원 측도 난감해할 것이라는 사정을 설명했지만, 노모는 막무가내였다. 그 엄마가 예전에 몸에 지녔던 반지나 팔찌·목걸이 등을 따로 주머니에 담아 요양병원 엄마 베개 밑에 놓아 주어야 노여움이 풀릴 것 같다고 했다.

코로나19 방역이 강화되면서 환자와의 대면 접촉이 제한되자 엄마는 잠시 영상통화에 매달렸다. 한 달여가 지나면서 자신이 외톨이가 됐다고 매일 똑같은 푸념을 되풀이해 가족도 마음고생이 심했단다. 이참에 엄마가 애원하는 비밀 주머니를 넣어주면 환자와 가족의 정신건강에 도움이 될 것 같다는 판단인데, 나는 이게 과연 옳은 거냐고 물었다. 그땐 얼마나 절박했으면 저런 문제를 제삼자와 논의하고 싶었을지 미처 헤아리지 못했다.

나는 과거에도 호스피스 병동에 입원했던 환자의 비밀 주머니 사건을 많이 접했다. 아내와 같은 병실에 입원해 있던 한 여성 환자가 점점 멀어져 가는 세 딸의 효도를 경쟁적으로 붙들어 매기 위한 듯 매트리스 밑에서 조심스럽게 주머니를 꺼내는 장면을 자주 목격하기도 했다.

　실제로 성년이 된 딸들이 엄마를 간병하는 모습에 여러 가지 변화가 일어났다. 환자 침대를 둘러싼 두꺼운 커튼 사이로 그들의 동정을 감지할 수 있을 정도라고 아내는 말했다. 셰익스피어의 『리어왕』 무대와 출연자를 지금 시대의 요양병원, 그리고 말기 환자와 그 가족으로 리메이크해도 될 만큼 엄마를 대하는 딸들의 캐릭터가 다양했다.

　3인실의 또 다른 환자는 달러 주머니를 꿰차고 아들과 딸을 시험하다가 남편의 제지를 받고 우울증에 걸렸다. 지금 이 디지털 시대에 병실에서 가족 간에 웬 보물과 현금 거래가 횡행하느냐고 누군가 의문을 제기할지 모르겠다. 하지만 인생의 종착점에서 힘겹게 지내는 환자는 간병에 지쳐 멀어져 가는 가족의 손길이 안타깝고 야속하기 그지없어 한숨짓기 십상이다. 그들은 가족이 병실을 드나들 때마다 일으키는 공기의 이동과 언어의 음량·음색을 통해 육신의 정이 얼마만큼 식었는지 예민하게 체감한다.

이런 감정을 옛날의 정다운 추억으로 되돌릴 수 있는 수단으로 비밀 주머니를 지닌 채 그 위력을 믿고 싶어 한다. 그 주머니에 통장과 도장뿐 아니라 패물까지 넣어 실버 팬티에 꿰차거나 혹은 매트리스나 베갯잇 사이에 묻어 놓는 것이 이들에겐 밥을 먹는 것만큼 중요한 일이었다. 요양병원 병실에 버려지는 것보다 밥을 굶는 게 더 낫다고 생각하는 환자도 있다.

10여 년 전 미국 뉴욕과 뉴저지 교외에 있는 호스피스 센터나 요양원에서 만난 한인 1세대와 1.5세대의 비밀 주머니 의식은 지금 국내 요양병원에서 흔히 엿볼 수 있는 행태와 별반 다르지 않았다. 당시 홀리페터슨 요양원에서 환자를 돌보던 한 목사의 이야기를 나는 기억하고 있다.

"모두 열심히 일해서 자식을 키웠지만, 지금은 이렇게

홀로 된 사람이 많아요. 경쟁사회에 내보낸 아들딸들의 뒤치다꺼리를 해주다 알몸이 된 사연을 다 풀어놓자면 며칠은 걸릴 겁니다. 부모를 잘 모실 여건이 되는데도 그냥 팽개쳐버리는 경우도 흔하지요."

그때 나는 일부 환자들이 가족과의 연결고리를 잡기 위해 비밀 주머니를 지니고 있다는 것을 봉사자들에게서 처음 전해 들었다. 환자가 혼미 상태에서 헤매다가 세상을 떠났을 때 비밀 주머니 처리를 둘러싸고 여러 가지 사건들이 발생했다. 그래도 비밀 주머니 하나 차고 있어야 마음이 놓인다는 노인들의 분리불안 심리를 나는 충분히 이해했다.

지난여름 우리나라에서 방영되고 있는 프랑스어 방송 채널에서 이와 비슷한 주제를 다룬 다큐멘터리를 시청했다. 비밀 주머니를 둘러싼 프랑스 노인의 심리가 어쩌면 저리도 우리와 비슷할까 여겨질 정도였다. 생존의 마지막 시간까지 환자가 지녔던 돈과 패물은 그가 숨을 거두기 전후 행방이 묘연한 경우가 가끔 발생한다.

환자 가족과 병원 사이의 소송이 끊이지 않고 병원 측

의 미심쩍은 대응이 클로즈업되지만, 분실 사건은 미궁 속으로 빠지는 일이 허다하다. 하지만 결국 아무 소용없는 일이 되고 만다. 패물이 구체적으로 어떤 귀금속인지, 현금은 얼마인지 보고 들은 사람도 없고 기록도 남아 있지 않은 경우가 대부분이다.

안갯속으로 사라질 수밖에 없는 비밀 주머니는 아무도 모른다는 속성 때문에 더욱 비밀스럽다. 동양이건, 서양이건 디지털 시대에 외톨이가 된 노인들은 코로나 방역 문제로 더욱 고립돼 오로지 가족에게 손을 뻗치는 안타까운 장면이 마음속에서 지워지지 않는다.

나는 몇 달 전 내게 e메일을 보냈던 독자에게 다시 조심스럽게 글을 보냈다. 그 다큐멘터리를 시청한 뒤 내 심경에 변화가 일어났다. 잃어버려도 그만이라고 생각하는 패물을 비밀 주머니에 넣어주면 환자의 정신적 안정에 도움이 될 것이라고 답변한 데 대한 후회를 담았다. 세상에 잃어버려도 그만인 추억의 패물이 어디 있을까. 너무 무책임한 답변을 보낸 것에 대한 부끄러움과 민망함이 가슴을 짓눌렀다.

"지난번 제 답변이 잘못됐습니다. 생각이 깊지 못했어요. 엄마에게 보내는 사랑의 편지를 그 주머니에 넣어 주면 어떨까요. 꼬박꼬박 정성 들여 쓴 귀하의 손편지에 옛날 엄마가 주었던 사랑이 그립다고 이야기하는 게 좋을 것 같아요. 들숨과 날숨이 절박한 순간에도 그 편지는 엄마에게 위로가 될 것입니다."

샤워실 목욕의자의

재발견

　오랫동안 소식이 끊긴 친구에게서 슬픈 소식을 들었
다. 벼르고 별러 떠났던 해외여행 중 일어난 사고였다.
아내가 호텔 샤워장에서 미끄러져 병원으로 이송됐지
만, 뇌를 크게 다쳐 며칠 만에 세상을 떠난 비운을 마주
한 것이다. 은퇴생활의 꿈은 이렇게 인생 종반 지점에서
먹구름이 끼었단다. 비행기로 시신을 운구하고 국내에
서 화장하는 과정에 이르기까지 그가 겪은 고초는 생이
빨이 두 개나 빠질 정도로 쓰라렸다.

친구는 오래전부터 동료들 간의 모임에서 집 안 목욕 시설의 문제점을 지적하곤 했다. 아파트건, 단독주택이 건 샤워장에 미끄럼 방지 시설을 서둘러야 하고 발을 닦으려 엎드릴 때 일어나는 현기증 때문에 쓰러질 수 있으니 화장실 안 벽에 손잡이도 반드시 설치해야 한다고 늘 강조했다. 하지만 정작 이런 중요성을 이야기하던 당사자가 평소 걱정했던 미끄럼 사고로 아내를 잃자 그는 망연자실한 나머지 몇 년 동안 은둔생활에 묻혔다.

나는 샤워할 때마다 쏴~ 하고 쏟아지는 물소리와 온몸을 가볍게 두들겨 주는 물줄기의 리듬을 즐겨왔으나 이제는 더 이상 그 행복감에 젖어 있을 수 없다는 것을 알아차렸다. 그 친구의 불행이 자주 떠올라서만은 아니었다. 샤워기 아래 서 있을 때 내 자세가 불안정해 한 손을 벽에 기대야 하고, 종아리와 발 등을 닦을 때는 상반신 숙이는 게 여의치 않아 작은 나무 받침대를 깔고 앉아야 하는 불편이 따랐다. 샤워 중 한쪽 다리에서 쥐가 일어난 것을 경험한 이후 목욕시간은 갈수록 짧아졌다.

재작년 일본 관련 뉴스를 보다가 도쿄 23개 구에서 1

년 동안 발생한 목욕 중 사망 사고 1500여 건의 태반이 고령자와 관련된 것이라는 사실을 알았다. 뉴스는 미끄럼 사고뿐 아니라 입욕 중 여러 가지 형태의 돌연사가 잇달아 발생하니 독거노인이 목욕할 때는 특별한 주의가 필요하다는 엄중한 경고를 덧붙였다. 우리 주변에서 흔히 발생하는 사건이 이웃 나라에서도 크게 염려할 만큼 자주 일어나고 있다.

나는 재작년 암 수술을 받고 퇴원하면서 안전한 샤워를 위해 어떤 대책을 마련해야 하나 궁리를 거듭했으나 뾰족한 방법을 찾지 못했다. 사실 병원에 입원해 있던 1주일 동안에도 몸 씻기가 쉽지 않았다. 3인이 공동으로 사용하는 샤워장 위생 문제가 마음에 걸리기도 했지만 이게 전부는 아니다. 샤워기 바로 옆에 간호사 긴급호출 버튼이 있고 몸이 비틀거릴 때 붙잡을 수 있는 가드레일도 있었으나 똑바로 서서 혼자 샤워하는 것이 말처럼 쉬운 일은 아니었다.

퇴원 후 집으로 가는 도중에 한 지인의 전화를 받았다. 그는 환자들에게 크게 도움이 되는 목욕의자를 사용해 보라고 적극적으로 권했다. 노인 돌봄 활동을 하며 보관

중이던 목욕의자를 우리 집까지 직접 들고 왔다. 노인뿐 아니라 어린이와 이런저런 이유로 몸 움직이기가 불편한 성인도 샤워장에서 안전하게 사용할 수 있어 안성맞춤이란다. 이름처럼 앉아서 샤워할 수 있는 구조가 특이했다.

그날 저녁 처음으로 철제 접이식 목욕의자에 앉아 불안한 마음으로 물을 끼얹기 시작했다. 막상 앉아 보니 의자의 엉덩이 쪽과 등받이, 팔걸이 부분이 푹신한 실리콘으로 덧씌워져 있어 따뜻했다. 의자 네 다리 끝부분은 고무 덮개로 마감처리돼 대리석이나 타일 바닥에서 미끄러질 염려가 없었다. 가만히 앉아 등을 타고 내려오는 물줄기의 경쾌한 마사지를 받으며 그동안 병원에서 겪었던 고통과 걱정을 털어냈다. 온몸을 맡기고 앉았을 때 느끼는 아늑함은 새롭게 느끼는 삶의 환희였다.

이정록 시인은 '의자'라는 시에서 허리가 아프니까 "세상이 다 의자로 보인다"라고 했다.

꽃과 열매도 의자에 앉은 모습으로 보인다는, 세상 어디를 봐도 모두가 의자라는 삶의 은유가 이제야 몸에 와 닿았다. 지하철이나 미술관, 박물관 어디를 가건 잠깐 걸

터앉을 의자가 없나 두리번거리던 나의 관심사가 목욕 의자에까지 뻗어나간 건 세월의 뒤늦은 관찰에서 나온 것이다.

나는 병원에 머물러 있는 동안에도 의자에 앉아있을 여유조차 갖지 못해 늘 아쉽고 불편했다. 복통이나 구토 증에 시달릴 때는 침대에 누워있는 것보다 의자에 앉아 배를 움켜쥐며 고통이 가라앉을 때까지 기다리는 편이 훨씬 편했다. 병실 침대 주변에 의자가 비치되지 않아 간 병 간호사의 것을 잠시 사용했다가 되돌려주는 일을 반 복했다. 병원 측은 안전이나 공간 문제로 병상마다 의자 비치를 꺼렸다. 내 보호자로 지정된 아들이 찾아와도 앉 을 자리를 찾지 못해 엉거주춤한 자세로 침대 주변을 서 성거리다 떠났다. 의자 없는 병실의 딱딱한 풍경은 코로 나19 대책에 몰두하고 있는 의료진의 피로와 겹쳐 부자 간의 대화마저 어렵게 했다.

나는 예전에 암 투병하던 아내나 딸이 입원 생활을 계 속했을 때 간이 나무 의자를 자동차에 싣고 다녔다. 환자 와 살가운 대화를 나누기 위해서는 병상 옆에 의자가 놓여 있는 게 제격이다. 의자가 보이지 않는 병실 분위기는 환자를 더욱 소외된 곳으로 밀려나게 했다. 나의 입원 기간에도 바로 그 의자를 집에서 가져와 내 침대 옆에 놓을 수 있느냐고 병원 측에 요청했지만 허락받지 못했다.

  의자가 주는 편안함이 그토록 간절했던 탓인지 목욕의자에 앉아 물줄기를 맞는 시간이 길어졌다. 지그시 눈을 감고 세상의 모든 사람과 내 삶에 감사했다. 어느 날 내가 그 의자에서 샤워하고 있을 때 아들을 따라온 여섯 살짜리 손자가 욕심을 부렸다. 목욕의자에 앉아보고 싶어 했다. 물 세기와 온도를 조절하고 스스로 머리 감기도 하겠노라고 말했다. 그 아이가 앙증스러운 몸짓으로 푹신하게 목욕의자에 앉아 샤워하는 모습이 할아버지와 손자 사이의 70여 년 세대 차이를 행복감으로 채워주었다.

  마치 권정우 시인의 '태어난 것만으로도'라는 시에서 '무슨 복으로 저 아름다운 지구별에서 태어나 살고 있을까'라고 탄식할 만큼 아름다웠다.

  안락한 목욕의자가 노후의 내 삶에 탄생의 의미를 안겨주었다. 물처럼 흘러가는 시간도 더욱 소중했다. 이 사회 전체가 의자였구나, 하고 이제야 깨달았다.

—
2
장
—

가끔은 삑사리 나도, 좋은 인생입니다

내 주변의

'삑사리 인생'들

누구나 나이 70 고개를 넘어가면 가지고 다니는 지우개가 늘어난다. 어떤 이는 60세를 넘어서면서부터 기억이 가물가물해지는 게 하나둘이 아니라고 한다. 주요 소지품을 분실해 허둥지둥하는 경우도 허다하다. 1년에 두 차례씩 치매검사를 받으러 오라는 보건소 안내문을 받을 때마다 나는 기억상실증을 의심하기 시작한다.

'더 확실한 증상이 나타나면 그때 받는 게 낫겠지~'

하는 마음으로 계속 검사를 미룬다. 한두 해도 아니고 벌써 7년째다. 자동차운전면허증 갱신 연도를 한 번 넘기고, 그다음 연도까지 버티고 싶은 심리도 비슷하다. 나는 암 수술을 받은 이후 운전대를 한 번도 잡지 않았으니 사고를 일으킬 염려도 없다는 오기가 작동한다. 그런데도 내가 사는 아파트 횡단보도에 걸려 있는 치매검사 안내 플래카드를 볼 때마다 신경이 쓰인다. '왜 자꾸 사방에서 난리야' 하고 나는 저항한다. 환승해야 할 지하철 정류장을 깜빡해버린 게 벌써 몇 번째인가. 나는 다시 마음을 고쳐잡는다. '이제 진짜 보건소 간다.' 그러나 다음 날도 역시 가지 않는다. '치매는 무슨 치매야.' 나를 위로하기에 바쁘다.

벚꽃이 피기 시작하는 계절이 되면 실종된 치매 노인들의 인상착의를 알려주는 경찰의 수배 메시지가 휴대전화에 자주 뜬다. 어쩌다 한 번도 아니고 심심할라치면 그런 메시지가 흘러다녀 나를 우울하게 만든다. 내가 실종자와 비슷한 옷차림을 한 것은 아닌지 외출할 때마다 거울에 전신을 비쳐 본다. 혹시라도 내가 실종자로 잘못

신고되면 무슨 수난을 겪게 될지 모른다고 은근히 걱정한다.

뻑사리 인생을 살다 간 한 지인의 슬픈 이야기가 머릿속에 깊이 박혀 있는 탓일 게다. 1995년 삼풍백화점 붕괴 사고로 아내를 잃은 그는 사망배상금으로 받은 돈을 아예 없는 셈 친다며 주식에 올인했다가 거덜이 났다. 나중에는 살던 아파트까지 팔았다. 시골에서 은둔생활을 하다가 우연히 어떤 강도사건 피의자와 인상착의가 비슷하다는 신고 때문에 경찰 조사까지 받았다. "내 팔자가 왜 이래. 완전 뻑사리야" 하고 내지르는 그의 푸념에 주변 사람들이 동정을 금치 못했다. 그의 인생은 계속 망가지고 또 망가져서 회복 불능 상태까지 갔다.

대학 시절 당구장에서 내기 게임을 할 때 큐가 미끄러져 공을 헛치는 일이 연발될 때마다 나와 내 친구 무리는 "나이스 뻑사리" 하며 상대방의 실수를 대놓고 환호했다. 사회에 진출한 후 어이없는 일을 겪을 때도 "왜 내 인생은 연달아 뻑사리야" 하고 자조했다. "우리 이제부터 뻑사리라는 말은 쓰지 말자"고 담합하기도 했다. 말이 씨가 되니 삶이 꼬이지 않게 조심하자는 뜻이었다. 내 아

내가 세상을 떠날 때였다. 그 뒤로 우리는 아예 그 단어를 잊어버렸다.

그런데 삑사리가 다시 화제에 오른 건 봉준호 감독의 영화가 세계의 이목을 받으면서부터였다. 영화 속 인물의 어이없는 실수가 극적으로 전개되는 장면이 여러 곳에서 나타났다. 그것이 현실 사회를 비판하는 씨앗이 됐다는 점에서 내 주변 사정과 조금도 다를 게 없었다. 일부 평론가들은 '기생충' 등 봉 감독 영화를 "삑사리의 예술"이라고까지 표현했다. 긴 인생을 살면서 누구나 겪을 수 있는 '삑사리'의 후유증을 예술의 경지로까지 끌어올린다는 건 어지간한 수양 없이는 어려운 일일 것이다. 나는 봉 감독과 달리 그저 인생을 자조하는 선에 머무르는 게 속편하다.

친구 아버지가 어느 날 새벽 침대 끝머리에 걸터앉아 양말을 신다가 미끄러져 마룻바닥에 엉덩방아를 찧고 말았다. 고관절 골절로 입원 2주일 만에 세상을 떠나는 기막힌 일을 겪고서는 친구가 말했다. "삑사리도 이젠 지겨워." 침대에서 일어난 별의별 낙상사고로 수난을 겪었다는 노인들 이야기도 한두 번 듣는 게 아니다. 이런 형태의 사고는 헤아릴 수 없이 많고 앞으로도 더 많이 늘어날 것이다. 고령자 인구가 급증하면서 부터이다.

이미 털어놓은 것처럼 나는 아파트 현관 도어락 건전지를 제때 갈아 끼우지 못해 엄동설한에 단지 안에서 방황했던 준 공황상태의 경험에서 완전히 빠져나오지 못했다. 이후 조심하겠다고 마음을 먹기는 하지만 아무리 조심해도 또 어이없는 일이 벌어져 내가 망가지는 때가 있을 것임을 미리 각오하고 있다. 실제로 그 이후에 주방 개수대 바로 위 찬장 문에 이마 찍기를 두 번 당했다. 몇 년 전에는 베란다와 연결된 창밖 바닥 쪽에 흘린 빗방울을 닦아낸 후 벌떡 일어서다 창문 귀퉁이에 머리 정수리가 찍혔다. 찌릿한 통증과 함께 피가 흘러내렸다. 동네 병원에서 두 바늘을 꿰맸다. 더 깊은 상처가 났더라면 영락없이 사후 며칠 뒤 고독사 시체로 발견됐을 것이다. 인생은 이런 것이다.

나는 은퇴한 어느 교수에게 "뺑사리는 예고 없다. 자나 깨나 뺑사리 조심"이라고 일러주었다. 발톱을 잘못 잘랐다가 염증이 커져 수술까지 받고 석 달 동안 목발 신세를 졌던 그 교수는 "내 마지막 인생 연출이 송두리째 망가졌다. 한때 뉴욕에서 심포지엄 주제 발표자로 지정될 정도로 잘나가던 내가 이처럼 오도 가도 못하는 신세가 됐으니 얼마나 속이 쓰라렸는지 몰라"라고 말했다.

  따지고 보면 인생 대부분은 연출이다. 학생의 일과가 그렇고, 사회인의 업무도 잘 짜인 계획대로 추진된다는 점에서 연출 아닌 것이 없다. 시간과 장소에 따라 작업의 내용과 형식을 달리해야 한다는 기본을 모른다면 제대로 된 연출이 아니다. 아무리 연출을 잘해도 삶의 현장에는 꼭 어긋나는 일이 발생한다. 세상사 돌아가는 이치가 그렇다는 걸 이제 깨닫는다. 나이 들어 뒤늦게 대단한 의욕을 보이던 사람들이 어이없는 실수로 여생을 망가뜨리는 것을 보는 것도 가슴 아픈 일이다. 혈압이나 혈당, 콜레스테롤 수치를 따지며 섭생과 체력 관리를 잘한다고 소문난 사람이 어느 날 느닷없는 변고를 당했다는 소문의 뒤에도 뻑사리가 끼어 있는 경우가 많다. 모두가 다 그렇게 살다 간다.

암 수술 고통도 이기게 한

기적의 영상

　나이 들면 책과 멀어진다는 일반적인 속설을 나는 받
아들이지 않는다. 그저 허망한 이야기로 들린다. 이렇게
강하게 반박하는 이유는 으레 그렇다는 말투나 습관적
인 반응이 싫어서다.
　나이 80에 접어들면서 책을 20여 분 이상 들여다보면
눈앞에 살짝 안개가 낀다. 시야가 어슴푸레해져 답답하
기도 하다. 그래도 그 책 속에서 발견한 한 문장이 나를
행복하게 만들 때 안개가 사라진다. 마음의 기쁨이 육체

적인 변화를 압도하는 경우가 독서의 경지에서 나타난다고 나는 믿는다.

중노년의 안과 진료를 담당하는 의사가 환자에게 책을 멀리하라고 권하는 말을 나는 한 번도 들어 본 적이 없다. 틈틈이 독서하면서 정신적 여유를 관리하는 것이 노년의 고독을 치유하는 첫 번째 길이다. 독서도 요령을 알아야 즐겁다.

내가 15년 동안 줄기차게 참여해 온 광화문북클럽이 있다. 코로나19 방역 기간 중 6개월을 빼고는 매달 마지막 월요일 저녁 꼬박꼬박 화상으로 회원들을 만난다. 순번대로 돌아가며 자기가 읽은 책 내용을 발표하고 긴 토론 시간을 갖는다. 코로나 시대 이전에는 대면 모임을 하기 위해 오가는 교통 이용 시간과 저녁을 해결하는 문제가 꽤 번거로웠다. 하지만 우리 회원들 모두 즐겁게 모였고 밤늦게까지 책에 대해 토론했다. 서로가 좋아서 책을 받아들이는 기쁨이 커지고 늘 서로를 젊게 만들었다.

금융인, 법조인, 의료인, 출판인, 철학과 체육, 행정, 통일문제 전문가, 언론인, 중소기업인, 유엔아동기금 등 서로 다른 직역에서 일하는 사람들로 구성된 회원들의 다양한 식견이 쏟아지면 귀가 시간이 늦어지는 경우가 허다했다. 이제는 집에서 자유롭게 PC나 모바일로 참여하는 화상 모임이 자리 잡히면서 북클럽은 더욱 활기를 띠고 있다.

이 모임에 큰 변화가 생긴 것은 대학생이 참여하면서부터다. 50대에서부터 80대에 이르기까지 중·장·노년의 연령대 분포를 보이는 우리 북클럽은 젊은 회원 한두 명을 더 확보하는 게 숙제였다. 3년 전부터 이 모임 좌장을 맡은 서을오 교수(이화여대 법학전문대학원)가 독서 토론의 무대를 더 확장할 수 없는지 시험했다. 그리고 재작년 가을 제자들을 북클럽 화상 모임으로 안내했다.

『인간의 법정』 저자 조광희 변호사가 우리 모임에 초대됐을 때였다. 법학도뿐 아니라 의예과, 정치외교학과, 화학과 학생 등 65명이 화면 가득히 얼굴을 내밀었을 때 토론은 제법 활기를 띠었다. 부모나 조부모 세대에 해당하는 기존 북클럽 회원들과의 맞대면을 어색해하면서도 AI(인공지능)가 재판받는 상황을 그린 소설의 구성에 관심을 쏟았다. 그 모임 이후 학생들은 우리 광화문북클럽처럼 서로 다른 전공을 가진 친구들끼리 책 읽기 모임을 만들어 다양한 의견을 교환하는 기회로 활용하고 있다고 한다.

작년 9월에도 대학생들이 우리 북클럽의 외부 저자 강연에 잇달아 참여했다. 시집 『손끝으로 읽는 지도』를 펴낸 권정우 교수(충북대 국문과)가 소년처럼 맑고 티 없는 표정으로 뜨거운 시어를 날릴 때마다 화면 가득히 감동에 젖은 참석자들의 얼굴이 채워졌다. 나는 그 시간에 위암 수술 뒤끝에 나타나는 복통을 이겨내느라 음성 청취에만 참여했다.

대신 유심히 살펴본 대학생들의 표정이 흥미진진했다. 새로운 세상을 들여다보는 것처럼 호기심 충만이었다. "어떤 식으로 시상을 떠올리느냐", "여백이 생김으로써 작품이 완성되는 거냐"고 질문했다. 시인이 말했다. "모든 역설이 떠오를 때 한 편의 시가 된다. 안 되면 뒤집고 또 뒤집어라. 그러다 보면 훌륭한 시가 탄생한다." 나는 채팅창에 몇 개의 질문을 던져 시인과 대화했다. 밤 10시까지 이어진 북클럽 화상 모임은 세대를 뛰어넘어 모두를 기쁨의 시간으로 연결해 주었다. 책이 갖는 힘은 이처럼 컸다.

1주일 후 나는 서 교수로부터 따뜻한 e메일을 받았다. 그 모임에 참석했던 대학생들의 북클럽 모임 소감문이 들어 있었다. '고등학교 내신과 대학 수능 이후 단 한 번도 시를 읽어 본 적이 없었습니다. 그런데 그날 시인의 강의를 듣고 무척 행복했어요', '공부에 치여 감성이 메말랐는데 덕분에 말랑 촉촉해진 시간을 가질 수 있었어요', '북클럽 회원들과 대학생들의 질문을 들으며 생각의 폭을 넓힐 수 있었습니다' 등등.

우리 모임 회원이기도 한 최진석 교수(서강대 철학과 명예교수)는 청년뿐 아니라 장·노년의 세대를 사유의 세계로 안내하는 역할을 기꺼이 해왔다. 한동안 그가 분주한 탓에 화상 모임 참석이 어려워졌지만, 때를 골라 그의 수많은 저서를 같은 회원들에게 전달하며 늘 신선한 자극을 만들어 주었다. 생각하고 또 생각하라, 질문하고 또 질문하라고 주문했다. 『도덕경』『인간이 그리는 무늬』『탁월한 사유의 시선』 등 그의 역작들이 회원들의 뜨거운 토론 자료가 됐다.

한국 수학사 확립의 일등 공신이자 문명비평가인 김

용운 교수는 몇 년 전 한·중·일 3국 관계를 집대성한『풍수화』를 강의하기 위해 90세 노구를 끌고 북클럽에 나타났다. 주류 학자들의 냉대를 이겨내며 굳세게 자신의 식견을 다져나간 그는 3년 전 마지막 책『개인의 이성이 어떻게 국가를 바꾸는가』를 출간한 직후 세상과 하직했다. 책과 인생이 어떤 관계인가를 우리에게 알려주고 떠났다.

언론계의 독서왕이라 불린 최우석 전 중앙일보 주필은 '독서기술'이란 제목의 강연에서 책을 가까이하는 습관이 세상을 보는 깊이를 다져간다는 실증적 사례를 들었다. 판매 부수 14만 부를 기록한『삼국지 경영학』은 그의 해박한 지식을 바탕으로 현장 답사가 더해져 만든 결과였다. 그는 자신이 소장한 수천 권의 책을 후배들에게 분배한 것으로 인생을 마감했다. 지금은 한 그루 소나무 밑에 외롭게 잠들어 있다. 우리 북클럽 모임에서 인간사에 대해 뜨겁게 속삭이고 차갑게 비판했던 이들 독서인의 삶과 죽음이 바로 한 권의 귀중한 책이나 다름없었다.

우리가 읽었던 책들은 재미도 있고 토론도 흥미진진

했다. 회원들 사이에 약간의 감정 다툼이 없지 않았지만 잘 극복됐다. 북클럽에서 다뤘던 C.S. 루이스의 『순전한 기독교』를 읽다가 나는 재미있는 사실을 발견했다. 『나니아 연대기』를 써서 유명해진 루이스가 훗날 『반지의 제왕』을 쓴 톨킨과 만나 작품을 놓고 토론하면서 자주 언쟁이 벌어졌다. 이때의 지적 자극이 그들의 상상의 세계를 더욱 넓혀 놓았다는 사실에 관심이 쏠렸다.

우리 모임에서 『나의 서양음악 순례』(서경석)가 발제됐을 때 발표자는 대형 스피커를 옮겨 와 관련 클래식을 감상하는 기회를 만들어 주었다. 음악과 독서를 결합했다. 15년 동안 쌓아온 북클럽 토론 내용이 누룩처럼 쌓여 있다. 어느 세대에 대해서건 삶을 발효시키는 역할을 할 수 있을 것이라는 사실을 우리는 체험하고 있다. 젊었건, 늙었건 몸과 마음이 이를 증명한다.

죽음의 현장에서 만든

'생사관'

보통사람들이 뜨악하게 여길 수밖에 없는 고독사 준
비 이야기를 내가 슬쩍 흘리면 주변 눈초리가 달라진다.
하긴 그들의 일상적인 생각과 20년 동안 삶과 죽음의 현
장을 눈여겨본 나의 생사관이 결코 같을 수 없다. 나는
암 수술을 받고 나서 고독사에 더 순응적인 생각을 갖게
됐다. 따지고 보면 그 뿌리는 종합병원 중환자실과 호스
피스 병동 취재 경험, 그리고 내 가족이 겪어냈던 고통
을 거쳐 더 깊이 현실에 박혀 있다.

죽음이라는 커다란 주제가 나의 호기심을 자극한 건 꽤 오래된 세월의 이야기를 지니고 있다. 국내외의 크고 작은 사건들이 중첩된 역사의 현장에서 나는 많은 것을 목격했다.

1974년 박정희 대통령 부인 육영수 여사가 총탄에 맞아 운명했을 때 나는 사건 기자로 현장 부근에 있었다. 엄청난 충격을 받았다. 자연의 섭리가 악운과 겹치면 저리도 서글프게 떠나는구나 하는 비감에 싸였다. 그다음 해 대만 장개석 총통이 사망했을 때 나는 대한민국 국회 조문단의 수행 기자로 타이베이를 방문하면서 세기적 거물의 죽음과 마주했다. 제2차 세계대전 당시 연합국 측에서 활약한 4명의 지도자 중 유일한 생존자였다.

1984년 인디라 간디 인도 총리가 시크교도 경호원의 총에 맞아 쓰러진 날 저녁 나는 뉴델리에 도착해 힌두교들과 시크교도들이 빚어낸 폭동을 취재했다. 사태가 가라앉으면서 진행된 간디 장례식을 지켜보면서 인간의 삶과 그 이후의 세계에 대한 관심이 중첩되기 시작했다. 피라미드 식으로 쌓아 올린 백단향 더미 위에 간디의 시신이 놓였다. 후임 총리로 지명된 아들 라지브 간디가 나무에 불을 붙였다. 내가 앉아 있는 취재기자석에까지 나무 잿가루가 날아왔다. 불덩어리 속에서 사라지는 시신이 가물가물했다. 이틀 후 불길이 사그라진 화장터로 다시 갔다. 힌두 스님들이 깊은 침묵 속에서 유골을 수습하는 모습이 태곳적 인간의 환영으로 나타났다. 이어 잿더미 위에 암소에서 갓 짠 우유가 뿌려졌다. 그 액체는 대지의 어머니를 상징했다. 간디의 유골은 갠지스강과 히말라야산맥 등에 흩어져 날렸다. 내 몸으로 직접 체험했던 인도 거물 정치인의 자연 귀환이었다. 그 경건한 의식이 자주 꿈에 나타났다. 사람이 태어나 한세상을 살다가 어떤 모습으로 떠나는 게 좋을까를 곰곰 생각하게 됐다.

내가 존엄사 기사를 쓰기 시작한 것은 1989년 히로히토 일왕이 세상을 떠났을 때였다. 도쿄 특파원으로 근무하고 있을 때 전제군주 시대의 통제된 사회에서나 볼 수 있는 딱딱하고 어색한 풍경이 빚어졌다. 자유민주주의를 구가하는 일본의 여유 있는 모습이 돌연 사라지고 모든 것이 굳어버린 체제로 전환된 것이다. 유흥가의 네온

사인이 꺼지고 TV 드라마와 쇼 방영이 중단되는가 하면 왕궁 앞에서 우는 사람의 대열이 끝없이 이어졌다. 일왕이 췌장암을 오래 앓으면서 고통스러운 연명 치료가 이어졌다는 것을 국민은 거의 몰랐다. 장례식이 끝난 다음 한참 후에야 이 사실이 알려지면서 그동안 수면 아래에서 진행됐던 존엄사 운동이 공개적인 활동으로 펼쳐졌다. 수많은 의료기기에 둘러싸여 힘겹게 생명을 이어가는 것보다 사람답게 살다가 사람다운 모습으로 죽음을 맞이하는 것이 좋겠다는 국민의 소망이 밖으로 나타나기 시작했다. 그 이후 나는 일본인이 품고 있는 아름다운 삶의 마지막 시기에 대해 많은 사람의 이야기를 들었고, 그들의 단아한 행동을 관찰하며 지방여행을 이어갔다.

그때 고독사로 발견된 유력인사 몇 명이 시중에 화제를 뿌렸다. 그들 삶의 마지막 시간이 외롭고 힘겨운 일이었음에 틀림없지만 그래도 낭만이라는 이름으로 치장되는 나름의 이유에 귀를 기울였다. 그때 나는 웰다잉에 관한 책을 써야겠다는 생각을 굳혔다.

우리가 맞이하는 죽음이나 장례식도 각자의 생각들이 뭉쳐진 문화나 전통이라는 이름으로 이어져 내려온 것이 많다. 다른 사람들의 죽음에서 나를 바라보거나 그들의 시선에서 나를 관찰하는 것도 흥미로운 일이었다. 내가 아내를 떠나보내고 수년이 지난 2014년 친구들과 함께 이란 중부 사막지대에 있는 야즈드를 방문했다. 죽은 자의 뼈가 묻힌 침묵의 탑을 방문하기 위해서였다. 그 탑에 이르는 사막 곳곳에 풍화된 낙타의 해골이 여기저기 뒹굴었다. 3000년 된 옛 도시는 독일 철학자 니체를 껴안고 있었다. 그가 이곳에서 창시된 조로아스터교의 교주 자라투스트라로부터 사상을 전개한 곳이다. 남녀별로 시신 뼈가 따로 나뉘어 묻혀 있는 두 개의 침묵의 탑은 도시 중앙에 자리 잡고 있었다. 고대부터 20세기 초까지 조장(鳥葬)이 치러진 곳이다. 땅이 건조해 망자의 시신이 썩지 않는 탓에 사람이 죽으면 토막을 내 독수리 밥으로 진상했다. 자연에서 태어나 자연으로 회귀해야 한다는 뜻이 담겨 있다. 그 뼈들이 쌓여 있는 침묵의 탑에서 물을 마시며 타오르는 갈증을 해결했다. 한없는 목마름, 목마름.

이러한 여행 경험이 나의 생사관을 바로 세우는 데 큰 바탕이 됐다. 해가 거듭될수록 인생의 끝이 머지않았다는 느낌이 강해졌다. 다가오는 시간을 나 자신에게 투자하는 습관에 길들여졌다. 혼자 고속버스를 타고 경남 창녕에 있는 우포 늪지대를 걸으면서 생명의 존귀함을 깨닫고, 경기 화성에 있는 궁평항 낙조길을 산책하며 언젠가는 자연에 나를 맡겨야겠다는 다짐도 새롭게 했다. 얼마나 자유로운 시간인가.

코로나19 방역 기간에도 부고가 끊임없이 날아들었다. 내 주변에서 떠나가는 사람들의 삶의 궤적을 좇아가 보면 빛과 그림자가 확연하다. 그토록 모질게 살던 사람이 지겹도록 주변 사람을 괴롭히다 괴물의 모습으로 하직하는 인생을 들여다보기도 한다. 죽음과 담을 쌓고 지내는 사람들일수록 인간성은 버려지고 끝내는 동물성이 표면화되는 일을 겪으며 그 사람과의 기억을 통째로 지우고 싶었다. 내가 생각하는 고독사 준비가 외롭게 보일지 모르겠다. 아는 사람은 알 것이다. 거기에 나의 존엄이 숨어있다는 것을. 내 생사관은 이런 과정을 거쳐 허물어지기도 하고, 단단하기를 거듭하면서 다시 세워졌다.

"내가 모르모트야? 난 싫다"

울림 컸던 최종현 회장의 죽음

나는 재작년 초까지 웰다잉 강사로 활동할 때 강의가 끝날 무렵 수강자들로부터 질문받는 시간이 늘 기다려졌다. 세상 사람들의 관심을 들여다보는 게 흥미롭다. 질문 중에는 유명 인사들의 생사관 또는 사생관(死生觀)이 자주 화제에 오른다. "왜 어떤 분은 저렇게 단단한 모습으로 세상을 떠날 수 있을까요", "나도 훗날 저렇게 됐으면 좋겠어요", "어떤 분은 평소의 삶과 달리 너무 슬픈 운명을 맞이했는데 뭐가 잘못됐다고 생각하시나요"라는 의문이 이어지기도 한다.

사생관은 어떻게 살다 어떻게 죽느냐의 문제다. 죽는
것보다 사는 문제가 우선이기 때문에 생사관이라고도
한다. 사생관이라는 단어를 즐겨 쓰는 사람들은 시간의
수레바퀴를 따라가도 역시 죽음이 더 중요하다는 생각
이 퍼뜩 떠오르다 보니 그 단어를 입에 붙이게 되더라고
말한다.

한번은 강원도 춘천시와 속초시에서 가진 모임에 은
퇴한 지방 공무원들이 대거 참석했다. 그중에서 특히 사
회봉사를 하고 싶어 하는 전직 교사들이 웰다잉 공부를
통해 같은 지역에 거주하고 있는 고령자들을 지원하고
싶어 했다. 노후의 고립에서 헤어나지 못하거나 신병을
비관하다 목숨을 끊는 고령의 자살자가 계속 늘어나는
데다 무의미한 연명 의료가 일상사가 돼버린 현실이 안
타까워서였다.

그들이 주민들의 노후 생활을 안내하는 상담역을 자
청하며 만남의 기회를 늘려가고 인간의 죽고 사는 문제
를 쉽게 풀어주는 탁월한 이야기꾼의 재능을 발휘한다

면 독거노인들도 마음의 문을 열게 될 것이라고 했다.

실제로 일부 수강자는 유명 인사의 사생관을 다른 사람에게 전달하거나 자기 생각으로 소화해 재담을 펼칠 때 고령자들의 눈빛이 달라진다는 경험을 들려줬다. 아직도 고(故) 김수환 추기경이나 법정 스님 등 같은 시대를 살다 떠난 성직자들의 삶과 죽음에 깊이 공감하는 사람이 의외로 많다는 사실도 알려주었다.

그런데 한 전직 교사에게서 받은 질문은 의외였다. 노후를 맞이한 전두환 전 대통령의 사생관은 그 내용이 무엇이든 다른 사람들에게 교육 효과가 있을 것이라는 주장이었다. 내 호기심을 발동시킨 그의 요청에 따라 15년 전 인터뷰 의견서를 전두환 전 대통령 측근에게 전달했다. 사후 공개 원칙으로 인터뷰를 진행하면 어떻겠느냐는 뜻도 덧붙였다. 수많은 논란의 중심에 서 있는 그가 이에 응하리라고는 쉽게 상상할 수 없었다. 하지만 그가 군인 출신이라는 점을 고려한다면 삶을 정리해 들려주고자 하는 사생관이 있을지 모른다는 가냘픈 기대도 있었다.

그가 지난 2009년 사경을 헤매는 김대중 전 대통령을

병문안할 때 분명 자신의 삶과 죽음의 문제도 가슴에 담았을 것이라고 여겼기 때문이다. 하지만 끝내 답을 듣지 못했다. 그가 악성 혈액암을 앓다 3년 전 자택에서 세상을 떠났을 때 마지막 한마디가 없었다는 아쉬움이 매우 컸다.

웰다잉 토의 시간에 자주 등장한 또 한 명의 인물은 최종현 전 SK그룹 회장이었다. 그의 죽음이 참석자들의 머리에 오래 남아 있는 것도 나로선 뜻밖이었다. 한 시대의 큰 물결을 일으킨 인물들의 마지막 삶의 무대는 주로 서울대병원이었다. 국회에서 정치적 대결을 벌이던 내로라하던 핵심 인사들도 짧지 않은 세월이 지나면 이 병원 응급실을 거쳐 중환자실로 실려 왔다.

지금도 왕년의 유명 인사들이 여러 진료과에서 대기하고 있는 모습을 종종 엿볼 수 있다. 나는 내 가족의 간병이나 호스피스 활동 등 기회가 있을 때마다 병원의 여러 곳을 돌아다녔는데 그때마다 이런 주요 인물들의 힘겨운 나날을 목격했다. 몇몇 전직 대통령과 재벌 총수의 입·퇴원은 본관 입구 2층 카페에서 누구나 다 알 수 있을 정도

로 요란했다. 아무리 정보를 통제해도 시간이 흘러가면 그들의 마지막 순간에 대한 이야기들이 흘러나왔다.

최종현 회장은 달랐다. 그의 사후 10년째였던 지난 2008년 최 회장이 숨을 거두었던 서울 워커힐 위쪽 아차산 중턱의 빌라를 두 차례 방문했다. 세상의 돈과 권력·명예를 다 가진 총수가 어느 날 항암제와 방사선 치료를 거부하는 등 연명 의료 중단을 선언하고 집에서 통증 치료를 받다가 세상을 떠난 곳으로 발걸음을 옮겼다. 그가 35년간 거주했던 빌라는 매우 소박한 2층 건물이었다. 그의 마지막 모습을 지켜보았던 손길승 전 SK 회장의 안내를 받았다.

그로부터 최 회장이 폐암이 악화됐을 때 병원 의료진의 신약 투여 계획을 반대하며 "아니, 내가 무슨 모르모트야? 난 그러는 게 싫다"고 측근에게 토로한 뒷이야기를 전해 들었고, '식물인간이 돼서까지 죽는 기한을 늦추고 싶지 않다'고 기록한 육필 원고도 들여다볼 수 있었다. 생전에 직접 그의 사생관을 들을 기회는 얻지 못했지만, 이런 후일담을 수강자들에게 전달할 수 있어 기뻤다.

광주광역시와 인천광역시 연수구, 경북 김천시 모임에

서는 수강자들과 나의 관심이 일치된 이야기가 튀어나와 반가웠다. 신현확 전 국무총리와 최형섭 전 과학기술처 장관의 삶과 죽음에 관한 것이었다. 수강자들의 연령대가 50대 중후반이었던 것을 고려하면 두 사람의 생애가 이들의 머리에 깊이 각인됐을 지난 세월의 격랑이 짐작이 간다. 제1공화국에서부터 6공화국 초기까지 우리나라 현대사에 남겨진 신현확 전 총리의 흔적을 볼 때 그도 세상을 조용히 떠날 마음의 준비를 오래전부터 단단히 했을 것으로 짐작된다.

한국 과학기술의 거목으로 불이 꺼지지 않는 연구소를 만들었던 행정의 달인 최형섭 전 장관의 마지막 삶도 후대에 값비싼 교훈을 남겼다. 이런 인물들에 대한 취재 이야기를 수강자들에게 들려주면 흥미 있는 반응이 나타난다. 먼발치에서 바라보던 고위 공직자의 담담한 최후에서 의미 있는 메시지를 얻게 된다는 것이다. 그 같은 롤 모델이 많으면 많을수록 그들의 인생에 가볍게 의지하며 자신의 삶도 고쳐나가는 계기가 될 수 있다는 설명이었다.

수강자 가운데 경마장에서 뛰고 있는 말 몇 필을 가지고 있는 한 마주가 있었다. 오래된 말을 풀어놓아야 잃어버린 길을 찾아갈 수 있다는 옛말을 인용하곤 했다. 말에 투자해 노후 자금을 마련하려다 코로나19 팬데믹이 몰고 온 불경기 탓에 큰 어려움을 겪고 있다는 그의 사생관도 말의 인생처럼 바뀌었다. 세상에는 경마장에서 치열하게 달리기만 하다가 힘이 달려 승마장의 훈련용 말이 된 경우도 있고, 생전의 혈투에서 생긴 수많은 상처 때문에 치료에만 매달리는 은퇴마가 된 경우도 있다. 마주인 자신은 바로 그 은퇴마의 신세가 됐으니 웰다잉 공부를 하며 다른 사람을 안내하고 싶다는 소망을 털어놓았다.

그 이야기를 들으니 강원도와 전라도 쪽 계곡이나 평야에서 늙은 말이 돼 긴 호흡을 하며 지내는 우리 사회의 원로 몇 분을 만났던 일이 생각난다. 이들 가운데 한 분이 밤늦도록 과거를 더듬다가 닥쳐올 미래를 걱정하는 한숨이 내 가슴을 파고든다. 그들은 늙은 은퇴마가 아니다. 힘은 빠졌지만, 눈은 날카롭다. 거친 삶을 살아오면서 인생의 모서리가 깎이고 또 깎여 지모(智謀)가 더 축적된 것처럼 보인다. 그들은 그저 은퇴마가 아니라 누구보다 훨씬 더 길을 잘 안내하는 말이 될 수 있을 것이다. 작고 아름답게, 보람 있게 살다 편안히 떠나는 자연 그대로의 삶. 그들의 사생관을 제대로 들여다본다면 우리의 삶도 조금씩 치료 효과를 보게 될지 모르겠다.

암 환자 손등에 할퀸 자국,

그건 상처가 아닌 위로였다

아들아! 춥지~.

　40대 초반의 여성이 유모차를 끌고 내 앞을 지나며 정
겨운 목소리로 말했다. 눈 내리는 날 가다 서다를 반복하
며 잠시 허리를 구부리고 유모차 안을 들여다보는가 하
면 머플러를 챙겨주기도 했다. 그런데 유모차에서 멍멍
짖는 소리가 들렸다. 나는 가볍게 탄식했다. 유모차에는
사람의 아이가 타고 있지 않았다. 대신 하얀 복슬복슬한

털이 나불거리는 기다란 귀를 가진 개가 타고 있었다. 아들? 어린 수캐를 "아들아!" 하고 부르는 시대 감각이 낯설었다. 어쩌면 수캐가 아닌 암캐를 그렇게 부를 수도 있겠다는 생각도 들었다. '아들'과 함께 산책하는 엄마의 발걸음이 너무 경쾌한 탓인지 그가 내 시야에서 사라진 시간도 순간처럼 느껴졌다.

내가 사는 경기도 용인시 주요 산책로에서 강아지나 노령 견을 유모차에 태우고 산책하는 젊은 여성을 자주 목격한다. 주말에는 더 많은 반려견의 호사스러운 나들이가 시선을 붙잡는다. 강아지를 꽃단장한 여러 가지 소품이 유모차 안에서 덜렁거리는 소리를 낸다. 제 몸집만 한 휠체어를 끌고 가는 늙은 개가 나타나면 지나가는 사람들도 발걸음을 멈춘다.

집 가까운 경기도 수원시 광교의 카페거리까지 가서 내가 차를 마시는 이유는 이렇게 유모차에 실려 온 강아지들의 재롱에 넋을 잃는 즐거움 때문이다. 동물병원과 애견카페가 산책로 곳곳에 자리 잡고 있어 애완견의 세상은 소리 소문 없이 확장되는 느낌이다. 푸들 클럽이나 코카 스패니얼 클럽 회원들이 다니는 산책로가 있는가

하면 덩치 큰 골든리트리버 클럽 회원들이 따로 만나는 모임 장소도 있다. 개와 사람이 어울려 만나며 웃음꽃을 피우는 곳이다. 이곳에서 멀지 않은 광교 호수공원 옆 큼지막한 반려동물 놀이터는 어떤 종류의 개도 출입이 자유롭다. 중대형 개와 소형 견뿐 아니라 유모차에서 뛰쳐나온 강아지도 따로 나뉘어 뛰어논다. 1인당 국민소득이 3만 달러를 훌쩍 넘는 대한민국의 지금 모습이다.

서울이나 인천의 어지간한 산책로에서도 마찬가지 풍경을 엿볼 수 있다는 지인들 이야기를 들어보면 개들의 유모차 산책은 연휴를 즐기는 일부 여성들의 취향을 넘어서 우리 시대의 새로운 트렌드로 나타났다. 우리가 외로워서일까? 애완동물의 위로를 받고 싶어서일까? 정상적으로 일상생활을 할 수 있는 사람들과 달리 정신적으로나 육체적으로 힘든 과정을 겪고 있는 환자들에게도 애완동물과 가까이할 수 있는 길이 훨씬 넓어졌다. 여러 선진국이 앞다투어 인간의 고독과 외로움을 덜어주기 위한 행정조직을 만들고, 이와 관련한 여러 사회정책을 펼치고 있는데 그중 하나가 동물과의 접촉을 늘리는 일이다.

나는 오래전에 애완견이 말기 환자를 위로하는 역할을 하는 미국 뉴욕의 한 호스피스 케어 센터를 방문한 적이 있다. 그곳에서 활동하는 애완동물팀이 일주일에 2~3차례 개나 고양이를 데려와 환자와 같이 지내도록 하는 프로그램에 눈길이 갔다. 지금도 이 센터가 소속돼 있는 노스웰헬스 병원은 더욱 폭넓은 서비스를 진행하고 있다. 완화의료에 해박한 지식을 갖춘 내과 의사와 간호사, 사회복지사, 미술 및 음악치료사가 앞장서고 자원봉사자들이 뒤에서 모임을 만든다. 네 발 달린 동물들이 호스피스 병원에 입원해 있는 노인이나 어린이 환자를 기쁘게 하는 데 놀라울 정도의 효과가 있다는 보고서에 따른 것이다. 이 치료법이야말로 '병원의 벽을 뛰어넘는' 장점이 있다.

애완동물을 기르는 이웃 주민들이 이런 봉사활동에 나서려면 호스피스 교육부터 받아야 한다. 환자가 겪는 고통이 무엇인지 충분히 이해하는 게 가장 중요하다. 환자에게 접근하는 방법이나 애완동물의 위생 문제 처리에 어느 정도 지식을 쌓았는지 아닌지도 점검 받는다. 동물치료법은 말기 환자들뿐 아니라 가족이나 지인을 먼저 떠나보낸 사람이 사후에 겪는 슬픔과 공허함을 이겨내는 데에도 적지 않은 도움을 준다. 자원봉사자들 가운데는 병원 근처에 있는 초·중·고 학생도 있다. 이들은 미리 등록된 자기 집 애완견을 데려와 이 병원 환자들과 정기적으로 산책하며 오순도순 이야기를 나눈다고 병원 관계자들이 설명했다. 이런 과정을 통해 삶과 죽음의 의미를 깨닫게 된 학생들은 이후의 일상생활을 매우 진지하게 보낸다는 이야기도 전해 주었다. 반려동물 서비스 운영에 따른 비용은 지역에서 열리는 각종 축제나 달리기대회 등 여러 이벤트를 통해 들어온 기부금으로 충당한다.

미국만이 아니다. 일본의 몇몇 병원에서도 애완동물이 가져다주는 심신의 위안을 환자 치료법으로 활용하는 방안이 실험적으로 진행되고 있다. 코로나19 팬데믹을 거치며 다소 주춤하고 있지만 아이치현 암센터나 가와사키시 성마리안나의대병원 등은 그런 사례를 보여준다. 고도로 훈련된 푸들이 완화의료팀과 함께 지내며 환자의 산책을 돕거나 잠자리에 들 때 정신적 불안을 잠재우는 역할을 해낸다. 어떤 경우에는 환자가 수술실에 들어갈 때 느끼는 공포감을 덜어주기 위해 세균 검사를 마친 애완동물이 동행하기도 한다.

1인 가구가 급격히 늘어나면서 일본 독신자들은 애완동물에 의지하며 살아가는 경우가 많았는데 본인만이 아니라 개나 고양이도 늙어가면서 이들의 마지막 삶을 보살펴 주는 일로 고충을 겪는다. 반려동물이 위급할 때 24시간 왕진 치료 서비스를 하는 동물병원이 일본 전역의 주요 도시 곳곳에 등장한 것도 이런 세태를 반영한 것이다. 말기 암을 앓는 애완동물의 안락사를 둘러싼 논쟁이 반복되는 것도 인간사와 다를 게 없다. 사람과 개·고양이 사이의 사랑과 위로가 일상사가 되고 그들의 삶과 죽음도 소중한 시간 속에서 되풀이되고 있다.

우리나라에서는 애완동물을 환자 치료 서비스로 활용하는 의료기관이 아직 보이지 않는다. 그러나 가정에서 환자와 숙식을 같이하는 동물의 위로가 인간 이상의 에너지를 가지고 있다는 것을 체험하는 사람들이 늘어났다. 마음과 몸이 아프면 사는 게 허무해지는 관문을 몇 차례 통과하게 된다. 그때 길가에 버려진 개나 고양이의 울음소리에 귀가 열리더라는 주변의 이야기를 자주 듣는다. 내가 아는 한 말기 암 환자도 반년 동안 유기묘를 돌보다 편안하게 떠났다. 모든 것에 까칠했던 환자의 손등과 팔뚝에 고양이 발톱 자국이 여러 군데 남겨졌다. 하지만 이건 상처가 아니다. 오히려 마지막까지 작은 동물의 따뜻한 호흡을 큰 위로로 받았다는 이야기다.

80여 명이 죽음을 준비한

건대입구역 실버타운의 기적

70대 노인이 사무실로 들어오면서 "서명하러 왔다"고 했다. "인생 마지막 가는 길에 쓰는 서약서가 있지 않느냐"며. 연명 의료를 원치 않는 사람들이 작성하는 사전연명의료의향서를 일컫는 말이었다. 이 노인처럼 60대든, 80대든 이 서류 이름을 정확히 부르는 사람은 거의 없다. 그래도 상관없다. 내가 최근 찾았던 서울 성북구 보문동에 있는 사전의료의향서실천모임 사무실에선 대충 말해도 의향서인 줄 알아듣고 상담해 주니 말이다.

"그 70대 노인이 의향서를 다 작성하고 난 다음 가족 이야기를 하는데 어찌나 구슬픈지 눈물이 막 쏟아졌어요. 열 살 손자가 난치병을 오래 앓다 최근 상태가 더 나빠져 인공호흡기를 끼게 됐는데 고통스러워하는 모습이 너무 안쓰러워 가족회의를 열었답니다. 그 손자의 편안한 삶을 위해 호흡기를 떼기로 결정한 순간 숨 쉬는 것조차 힘들었다더군요. 그리고 본인 역시 언젠가 삶의 마지막 시간이 다가오면 손자와 똑같은 모습으로 세상과 이별하는 게 좋겠다는 생각이 들어 상담소를 찾았다는 겁니다. 서류에 서명하고 나서 통곡하는데 마음이 아파 혼났어요. 서류를 접수한 저뿐 아니라 옆에 있었던 다른 직원들도 다들 훌쩍거리고. 할아버지가 손자한테 느낀 죄책감이 너무 컸던 것 같아요. 사랑과 절망의 끝이 맞닿으면 그리도 슬프게 눈물이 쏟아지나 봐요."

이 모임 공동대표 홍양희(75) 씨의 설명이었다. 자원봉사로 웰다잉 운동을 벌이고 있는 그는 이런 감동이 70대 중반 나이에도 매일 일어난다는 사실이 믿어지지 않는다고 말했다. 그는 20여 년 전부터 사회복지단체에서 삶과 죽음을 생각하는 여러 가지 행사를 기획하고, 웰다잉 강사를 길러내기 위한 기초교육을 해 왔다. 나는 오래전부터 그의 봉사활동 폭이 넓혀지고 더욱 활기를 띠고 있는 데 눈길이 갔다. 위의 70대 노인처럼 상담소를 찾아오는 중노년의 발걸음도 끊임없이 이어졌다.

오랜만에 만난 그가 짙게 여운을 남기는 이야기를 들려주었다.

"서울 건대입구역 주변에 실버타운이 크게 조성돼 있어요. 매우 흥미 있는 곳이지요. 생활 여유가 있는 고소득층이 은퇴해서 사는 경우가 많습니다. 우리 상담사들이 그 지역을 방문해 80여 명의 입주자로부터 의향서를 받아온 적이 있습니다. 그쪽에서 먼저 서류 작성을 도와주는 상담사를 보내달라고 요청했어요. 점차 나이가 들면서 인생의 마지막 시기에 부닥치게 될 자기 죽음을 어떻게 처리하는 게 좋을지 많이 생각한 것 같아요. 특히 코로나19 팬데믹을 거치면서 어느 날 갑자기 자신의 삶이 끝날 수 있다는 불안감을 떨치기 어려웠다는 거예요. 모두 비슷한 생각을 하고 있던 차에 같은 실버타운 입주자끼리 차담을 하며 '의향서를 써놓으면 어떻겠느냐'는 이야기가 나왔던 모양입니다. 커뮤니티 모임에서 죽음을 준비해야 한다는 조심스러운 제안이 나온다는 게 한국 사회에선 일반적이지 않아 기억에 남습니다."

의향서를 작성하는 많은 사람 가운데 경제적 여유가 있는 사람이나 유명 인사는 가뭄에 콩 나듯 매우 드물다. 건대입구역 시니어타운에서 사는 일부 거주민처럼 고소득층 커뮤니티가 스스로 의향서를 쓰겠다고 나서는 경우는 정말 흔치 않은 일이다. 의향서를 작성한다는 건 의학적 치료가 더 이상 의미 없는 임종기가 다가올 때 인공호흡기를 달거나 심폐소생술 등을 통해 연명 의료를 선택할 것인가, 말 것인가를 미리 결정하는 일이다. 죽음은 아직 멀리 있다고 생각하는 사람에게는 서명 자체가 두려운 일일 수밖에 없다. 괜히 서류를 만들어서 자신의 생명이 단축되는 게 아닐까 두려워하기도 한다. 또 서명했다 해도 아무 때나 서명을 무효화할 수 있는 제도적 장치가 있다는 설명도 미더워하지 않는다. 하지만 마음 가볍게 이 서류를 작성하는 사람들은 좀 다르다. 두려움과 의심보다 지금까지의 삶에 감사하는 마음이 깊게 자리 잡고 있다는 특징이 엿보인다.

"상담하다 보면 대단한 업적이 없는 보통사람도 자신의 인생을 정리하고 싶은 소박한 마음을 간직하고 있어요. 남에게 드러내 보이기 부끄럽지만 살아온 흔적이나마 남기려는 인간의 본능 아닐까요. 돈도, 명예도, 권력도 없는 사람이 마지막 삶을 정리하는 심정에서 의향서를 쓸 때 느끼는 그 허전함 같은 게 애틋하게 다가와요. 그런 삶을 기록으로 남기면 어떨까 싶어 몇 년 전부터 자서전 만들어주기 운동을 펴왔어요. 다행히 여러 군데에서 지원해 줘서 이들의 인생 이야기를 받아쓸 구술사 수십 명을 모집해 구술 내용을 책으로 꾸며 낼 수 있었어요. 자신의 생을 담은 짤막한 자서전을 받아 본 노인들이 기뻐하는 모습은 이루 표현할 수 없을 만큼 뭉클했어요. 그러니 제가 사는 나날이 즐거울 수밖에요."

정말 그랬다. 구술사들이 쓴 153명의 자서전을 읽어 보니 마치 우리나라 현대사의 뒷골목을 산책하는 듯한 느낌이었다. 한 사람마다 3~4쪽에 걸친 짧은 분량이었지만, 그 안에 지나온 삶의 희로애락이 가감 없이 펼쳐져 있었다. 저리도 신산한 길을 걸어 오면서 굳세게 가족을 지켰다는 보통사람의 자긍심이 흐르고 있었다. 숱한 직업전선에서 험한 일을 하다 시력을 잃은 사람이 많다는 걸 이 자서전을 보고서야 비로소 알았다. 중도실명자라 불리는 우리 이웃이었다. 그런 가난 속에서 법학을 공부해 장애인을 돕는 사람도 있고, 눈물의 면학 끝에 영어 강사가 된 버스 차장 출신 여성도 있었다. 자식에게 버림받은 사람의 슬픔도, 자식에게 폐 끼치기 싫다며 스스로 멀리 떨어져 사는 사람의 고독도 주절주절 나열돼 있다.

　가까운 미래에 다가올지 모를 죽음을 준비하기 위해 의향서에 서명하고 내친김에 자서전까지 구술하는 심정이 참으로 애틋하다. 열심히 살아온 자신에게 고맙다고 스스로 인사하는 모습이 무척 아름답다.

전직 관료의

안타까운 메모

잠자리에 들려고 할 때 잘 아는 한 전직 장관으로부터 전화가 걸려왔다. 고위 관료 출신 K 씨가 종합병원 특실에 입원해 있는데 긴급히 나를 찾는다는 것이다. K는 갑자기 이유를 알 수 없는 병으로 온몸의 근육이 빠지고 심한 통증에 시달리고 있었다. 입원 6개월이 지났는데도 병명이 밝혀지지 않았다. 전·현직 관료와 기업인이 참석하는 조찬회에서 웰다잉 강의를 할 때 그와 몇 차례 해후한 일이 있었다.

며칠 후 병실을 찾아갔다. 그는 휑한 눈으로 나를 쳐다보며 두 손을 저어 인사말을 대신했다. 그는 말을 잃었다. 베개 옆에 놓인 메모지를 집어 들고 이렇게 썼다. "박종철처럼 고문을 받고 있어. 온몸이 아파. 빨리 세상을 떠났으면 좋겠는데 좀 도와줘." 삐뚤빼뚤 갈겨쓰는 그의 손가락이 떨리고 있었다. 뺨 근육에 경련이 일어나자 손으로 얼굴을 감쌌다. 메모지를 들여다보며 의아했다.

그가 왕눈으로 나를 쳐다보며 느닷없이 1987년 민주항쟁의 도화선이 된 박종철 고문 사건을 왜 꺼냈는지 궁금했다. 고문을 받는 것처럼 심한 통증을 겪고 있다면 왜 의사나 가족에게 증상 설명을 하지 않았느냐고 물었다. 계속 검사가 진행 중이라 우선 응급조치만 하고 있다는 의료진의 대응이 못마땅한 데다 연명 의료를 하고 싶지 않다는 뜻을 전달해도 주변의 반응이 시큰둥하다는 설명을 메모지에 지렁이 글씨로 썼다.

그는 다시 흰 종이 위에 X축과 Y축의 좌표를 그린 다음 왼쪽에서 오른쪽으로 급격히 떨어지는 L자형 곡선을 만들어 넣었다. 톱니바퀴 모양의 그 곡선이 0점 수준 이

하로 떨어진 것을 보면서 그의 고통이 나날이 격심해져 인내의 한계를 넘어서고 있다는 뜻으로 해석했다.

그의 가족은 환자의 확실한 병명이 밝혀지고 치료 방안이 마련될 때까지 기다리며 최선을 다해 보겠다는 의지가 강했다. 지난 6개월 동안의 통증이 환자를 어느 정도로 파멸시키는지를 온전히 이해하지 못하고 있었다. 환자가 의료진도 아닌 나에게 조언을 받고 싶어 하는 이유도 거기에 있었다. 다른 마땅한 치료 방법이 없으면 통증 치료에만 전념하고 연명 의료에 빠지지 않도록 도와달라는 것이다. K는 사리 분별 분명하고 이론이 정연했던 엘리트 관료였다. 그런 그도 마지막 순간엔 허점을 노출했다. 평소 웰다잉에 그토록 깊은 관심을 보이면서도 사전연명의료의향서를 미리 작성한 적이 없었다. 더 안타까운 건 그의 주치의조차 환자의 호소에 무심하다는 점이었다. 오죽했으면 자신의 고통을 박종철 사건에 비교했을까 하는 안타까움에 가슴이 답답했다.

내가 그를 만나러 병원에 들렀던 시기는 코로나19 팬데믹으로 수없이 많은 환자가 세계 곳곳에서 숨을 거두고 일부 지역에서는 시신을 무더기로 합동 매장하고 있다는 뉴스가 연거푸 들려오던 때다. 내가 자주 이용하는 수도권 신분당선 열차나 경기도 광역버스 내부에는 '이제 연명 의료도 현명하게 선택하는 시대'라는 공익광고가 줄줄이 나붙어 있었다. 보건복지부와 국민건강보험공단이 앞장선 대국민 홍보 전략의 하나였다. 코로나와 겹쳐 오해를 살 여지가 있지만 기실 옳은 말이었다. 죽음의 공포가 몰려오는 시대일수록 자신이 맞이하게 될 최후에 어떤 선택을 할 것인지 미리 생각해 두어야 한다는 것이다.

K가 입원한 병원도 사전연명의료상담실을 운영하고 있었다. 1년 반 후 K가 앙상한 모습으로 세상을 떠났다는 소식을 듣고 장례식장을 찾았다. 환자 가족 가운데는 대학교수도 있고 어엿한 기업 직장인도 있었지만 병원 안에 이런 상담실이 있는지조차 알지 못했다. 그의 장례식은 전·현직 고위 관료들의 드문드문한 발걸음 속에서 매우 쓸쓸하게 치러졌다. 조문객들의 차담 시간에 등장한 화제는 연명의료의향서였다. 왜 K는 이 서류를 만드는 절차를 밟지 않았을까, 마냥 미루고 미루다 때를 놓쳤을까, 아니면 가족 내 합의가 없었던 것일까, 주치의는

왜 개입하지 않았을까 하는 여러 가지 의문이 꼬리를 물었다. 한 달 전 부친상을 치른 어느 전직 장관은 연명 의료를 중단하고 싶다는 환자의 뜻이 이뤄지려면 가족의 다짐을 확실하게 받아 놓아야 뒤탈이 없다고 말했다. 그의 경험담은 비교적 정보가 많은 지식인이나 사회적 고위층도 여느 일반인과 똑같은 일을 겪고 있는 현실을 고백하고 있었다.

종합병원에서 은퇴한 후 요양병원에서 진료를 맡은 P 박사의 경험담도 이를 뒷받침한다. 아무리 환자가 존엄한 죽음을 다짐하더라도 의료 현장에서 이런 소망이 뒤집히는 게 일상이라고 그는 말했다. 환자가 의향서를 미리 작성해 국가기관에 등록까지 해놓은 경우에도 가족이 받아들이지 않으면 환자가 사망할 때까지 혈액투석이나 심폐소생술 등을 시행할 수밖에 없다. 이렇게 가족이 환자를 배신해 일방적으로 연명 치료를 계속하는 이유는 여러 가지 이해관계나 갈등이 얽혀 있기 때문일 수도 있고, 오로지 환자를 살리기 위해 최선을 다해야 한다는 관념이 짙게 밴 탓일 수도 있다. 환자나 가족을 옭아

매는 효도 이데올로기가 오히려 인간의 존엄을 짓밟았다는 사실을 한참 후에 깨닫게 되는 경우가 허다하다. 의사들은 연명 의료를 할 것이냐 말 것이냐를 둘러싼 환자 가족 간 논쟁에 개입하지 않는 무관심이 최선의 대책이라는 걸 의료 현장에서 터득했다고 한다. 특히 코로나 사태를 겪으면서 의향서 작성 여부를 따지는 것 자체가 불필요한 업무였다고 한다.

한 대학병원 호스피스 병동에서 근무하고 있는 수간호사의 경험은 인간의 심중은 너무나 복잡해서 헤아리기 어렵다는 걸 다시금 깨닫게 한다. 자신이 한때 모시던 같은 병원 암센터 소장이 말기 암으로 치료를 받다가 연명 의료에 들어갔다. 그때 간호사실 반응은 "아니, 우리 소장님이? 그럴 리가?" 하는 질문뿐이었단다. 전 암센터 소장이 평소 언행과 전혀 다른 길을 선택했기 때문이다. 그러고 보면 죽음이라는 문제에 직면했을 때 당사자 머리와 가슴은 이렇게 각각 다른 표현을 하기도 한다. 환자가 어느 길로 갈 것인지 아무도 모른다. 자신이 써놓은 의향서 그대로 '마지막을 편안하게' 이승을 떠날 수 있을지는 최후의 시간이 되어야 알 수 있다.

우리와 달리 선진국의 내로라하는 인물들의 부고는 대부분 이렇게 쓰여 있다. "고인은 가족의 사랑을 받으며 편안하게 떠났습니다." 이 문장이 의심스럽다면 최근에 세상을 떠난 그들 나라 주요 인물들의 마지막 모습을 다시 확인하기 바란다. 거의 예외 없이 사랑 속에 편안한 죽음을 맞았다. 우리도 죽음 문화가 달라질 때가 됐다.

홀로 인생을 마주할 줄 아는 용기와 자유에 대하여

고독사를 준비 중입니다

초판1쇄 2024년 6월 23일
　　3쇄 2024년 9월 30일

지은이 | 최철주

발행인 | 박장희
대표이사 겸 제작총괄 | 정철근
본부장 | 이정아
편집장 | 조한별

기획위원 | 박정호

마케팅 | 김주희 이현지 한륜아

기획 | The JoongAng Plus

디자인 | design co*kkiri

발행처 | 중앙일보에스(주)
주소 | (03909) 서울시 마포구 상암산로 48-6
등록 | 2008년 1월 25일 제2014-000178호
문의 | jbooks@joongang.co.kr
홈페이지 | jbooks.joins.com
네이버 포스트 | post.naver.com/joongangbooks
인스타그램 | @j_books

ⓒ 최철주, 2024

ISBN 978-89-278-1320-0 03810

• 이 책은 저작권법에 따라 보호받는 저작물이므로 무단 전재와 무단 복제를 금하며 책 내용의 전부 또는 일부를 이용하려면 반드시 저작권자와 중앙일보에스(주)의 서면 동의를 받아야 합니다.
• 책값은 뒤표지에 있습니다.
• 잘못된 책은 구입처에서 바꿔 드립니다.

중앙북스는 중앙일보에스(주)의 단행본 출판 브랜드입니다.